Hielo y ardor

Anne McAllister

Bianca™

HARLEQUIN™

Editado por HARLEQUIN IBÉRICA, S.A.
Núñez de Balboa, 56
28001 Madrid

HIELO Y ARDOR, N.º 1934 - 22.7.09
Título original: Savas' Defiant Mistress
Publicada originalmente por Mills & Boon®, Ltd., Londres.

I.S.B.N.: 978-84-671-7328-4
Depósito legal: B-22371-2009
Editor responsable: Luis Pugni
Preimpresión y fotomecánica: M.T. Color & Diseño, S.L.
C/. Colquide, 6 portal 2 - 3º H. 28230 Las Rozas (Madrid)
Impresión y encuadernación: LITOGRAFÍA ROSÉS, S.A.
C/. Energía, 11. 08850 Gavá (Barcelona)
Fecha impresion para Argentina: 18.1.10
Distribuidor exclusivo para España: LOGISTA
Distribuidor para México: CODIPLYRSA
Distribuidores para Argentina: interior, BERTRAN, S.A.C. Vélez Sársfield, 1950. Cap. Fed./ Buenos Aires y Gran Buenos Aires, VACCARO SÁNCHEZ y Cía, S.A.
Distribuidor para Chile: DISTRIBUIDORA ALFA, S.A.

Capítulo 1

ESTABA pensando en cajitas cuadradas, llenas de gominolas –le dijo Vangie por teléfono.

Sebastian, que no la estaba escuchando, tenía fijada la atención en la pantalla de ordenador que tenía delante. Su hermana llevaba casi veinte minutos sin parar de hablar. Aunque lo cierto era que, en las tres últimas semanas, no había dicho nada importante.

–¿Sabes lo que quiero decir, Seb? ¿Seb? –insistió ella levantando la voz al ver que no le respondía–. ¿Sigues ahí?

Sí, seguía ahí.

Sebastian Savas resopló sin separar la vista de los detalles del proyecto Blake-Carmody, donde también estaba su mente. Se miró el reloj. Tenía una reunión con Max Grosvenor en menos de diez minutos y quería tenerlo todo fresco.

Había trabajado muy duro intentando encontrar ideas para aquel proyecto, consciente de lo importante que sería para Grosvenor Design que saliese adelante.

Y todavía sería mejor si él era el elegido para dirigir el equipo. Había hecho la mayor parte del trabajo. Utilizando sus ideas y las de Max, se había pasado los dos últimos meses ideando los planes estructurales y el diseño del espacio común de la torre de oficinas y apartamentos. Y la semana anterior, mientras él estaba en Reno trabajando en otro proyecto de gran importancia, Max se lo había presentado a los clientes.

Si habían ganado el proyecto, tenía sentido que en la reunión que iban a mantener, Max le pidiese que fuese él quien llevase la voz cantante.

Seb sonreía siempre que lo pensaba.

–Bueno, Seb –continuó Vangie–. Estás muy callado hoy. Entonces... ¿Qué te parece? ¿Rosa? ¿O plateado? Quiero decir para las cajitas. O... –hizo una pausa– tal vez sea demasiado infantil, lo de las gominolas. Tal vez deberíamos llenarlas de caramelos de menta. ¿Qué opinas, Seb?

Sebastian reaccionó al oír otra vez su nombre. Suspiró y se pasó una mano por el pelo.

–No lo sé, Vangie.

Lo cierto era que le daba igual.

Era la boda de Vangie, no la suya. Él no pretendía casarse nunca, así que ni siquiera le interesaba aprender de la experiencia.

–¿Y por qué no las dos cosas? –añadió, por decir algo.

–¿Tú crees? –preguntó ella, como si le hubiese sugerido algo muy extraño.

–Haz lo que quieras, Vangie. Es tu boda.

Y se estaba convirtiendo en la mayor boda de Seattle, pero si eso la hacía feliz, al menos por el momento, ¿quién era él para llevarle la contraria?

–Ya sé que es mi boda, pero tú vas a pagarlo todo –comentó ella.

–No hay ningún problema.

Toda la familia acudía siempre a Seb, para pedirle consejo, para llorar en su hombro y para que pagase las facturas. Había sido así desde que había empezado a trabajar como arquitecto.

–Supongo que podría preguntar a papá...

Seb contuvo un bufido. Philip Savas sólo sabía engendrar hijos. No los educaba. Y a pesar de que tenía mucho dinero, no lo compartía a no ser que no quisiese algo. Como otra mujer.

–No vayas a verlo, Vange, ya sabes que no merece la pena –le aconsejó Seb a su hermana.

–Supongo que no. Es sólo que... sería prefecto si se acordase de venir para llevarme al altar.

–Sí –«buena suerte», pensó Seb con tristeza. ¿Cuántas veces tendrían que decepcionar a Vange para que aprendiese?

Seb podía pagar las facturas, apoyar y cuidar de que sus hermanos tuviesen todo lo que les hiciese falta, pero no podía garantizarles que su padre fuese a actuar como un padre. En sus treinta y tres años de vida, nunca lo había hecho.

–¿Te ha llamado a ti? –preguntó Vangie, esperanzada.

–No.

Philip sólo lo llamaba para endilgarle problemas. Y Seb estaba cansado de intentar tener una relación con él. Volvió a mirarse el reloj.

–Escucha, Vange, tengo que colgar. Tengo una reunión...

–Por supuesto, lo siento. No debería haberte molestado. Siento molestarte tanto, Seb. Es que eres el único que está aquí y... –se le quebró la voz.

–Sí, deberías haberte casado en Nueva York. Te habría sobrado ayuda allí.

Cuando Seb se había mudado a Seattle después de la universidad, lo había hecho a propósito, para alejarse de su multitud de ex madrastras y hermanastros. No les importaba ayudarlos, pero no quería que interfiriesen en su vida. Ni en su trabajo. Que era más o menos lo mismo.

Había tenido la mala suerte de que Vangie, después de estudiar en Princeton, se había prometido con un chico, Garrett, cuya familia era de Seattle, y habían decidido irse a vivir allí.

Por suerte, cada uno tenía su vida, su trabajo, y no se veían casi nunca.

Pero según se iba acercando la fecha de la boda, las cosas habían cambiado. Los planes de la boda requerían constantes comentarios y consultas.

Vangie había empezado a llamarlo a diario. Luego, dos veces al día. Y recientemente, hasta cuatro y cinco.

A él le hubiese gustado decirle que se relajase y tomase las decisiones sola, pero no lo había hecho. Conocía a Vangie. La quería. Y entendía que sus planes de boda eran como hacer realidad un sueño.

Siempre había deseado formar parte de una familia «de verdad», una familia «normal».

Y a Seb le sorprendía que supiese lo que era «normal».

En cualquier caso, Max le había dejado un mensaje en su teléfono móvil la noche anterior, mientras él volvía de Reno en avión, diciéndole que quería que hablasen esa tarde.

Lo que significaba que habían ganado el proyecto Blake-Carmody.

–No sé –comentó Vangie–. Hay tantas cosas en qué pensar. Las servilletas, por ejemplo...

–Sí, bueno, ya hablaremos de eso más tarde –la interrumpió Seb intentando ser diplomático–. Ahora tengo que irme. Si tengo noticias de papá, ya te lo haré saber –añadió–, pero es más probable que te llame a ti que a mí.

Ambos sabían que lo más probable era que no llamase a ninguno de los dos. La última vez que habían tenido noticias suyas iba a casarse con su última secretaria, la cuarta en haber puesto el ojo en su fortuna. Al menos, a esas alturas Philip sabía cómo hacer un buen acuerdo prematrimonial.

–Eso espero –comentó Vangie–. O tal vez haya llamado a una de las chicas.

–¿Qué chicas?

–Las chicas –repitió ella con impaciencia–. Nuestras hermanas –le aclaró–. Nuestra familia. Van a venir esta tarde –añadió con alegría.

–¿Aquí? ¿Por qué? La boda es al mes que viene, ¿no? –Seb tenía mucho que hacer, no podía perder todo el mes de mayo.

–Vienen a ayudar –le explicó Vangie con satisfacción–. Es lo que hace la familia.

–¿Durante todo un mes? ¿Todas? –no se acordaba de cuántas eran, pero a él no le parecía una buena noticia.

–Sólo las trillizas. Y Jenna.

Entonces, todas las que tenían más de dieciocho años. ¿Cómo iba a soportarlas Vangie durante un mes entero?

–Pues que tengas buena suerte. ¿Quieres que mande a alguien a buscarlas al aeropuerto?

–No. No te preocupes. Llegan de distintas partes y a distintas horas, así que les he dicho que tomen un taxi.

–¿Sí? Me alegro por ti –le dijo, contento por Vangie y porque no le hubiese tocado organizarlo todo a él–. ¿Dónde van a quedarse?

Lo preguntó porque supuso que debía saberlo. Tal vez pudiese pasar a recogerlas a todas el domingo e invitarlas a cenar, para tener una relación de familia un poco «normal».

–Contigo, por supuesto.

Dejó caer la carpeta que tenía en las manos encima del escritorio.

–¿Qué has dicho?

–¿Dónde iban a quedarse si no? ¡Tienes un montón de habitaciones vacías! ¡Tiene que haber por lo menos cuatro habitaciones en tu ático! Yo vivo en un estudio, sin ninguna habitación. Además, ¿cómo no iban a quedarse con su hermano mayor? Somos una familia, ¿no?

Seb estaba que trinaba.

–No te preocupes, Seb, no te plantearán ningún problema. Casi ni te enterarás de que están ahí.

¡Cómo que no! Se imaginó medias colgadas en el tendedero, gotazos de laca de uñas, la casa toda desordenada.

–¡Vangie! No pueden...

–Por supuesto que sí, cuidarán de sí mismas. No te preocupes. Ve a tu reunión. Luego hablamos. Y llámame si tienes noticias de papá.

Y colgó.

Seb se quedó mirando el teléfono y lo colgó dando un golpe. Maldijo a Evangeline y a su fantasía de tener una familia «normal».

No pensaba compartir su ático con cuatro hermanas durante un mes. Lo volverían loco. Tres chicas de veintitrés años y otra de dieciocho que invadirían cada centímetro de su casa. No podría trabajar. Ni tendría un momento de paz.

¡No le importaba pagar las facturas, pero no iba a permitir que invadiesen su espacio!

Gladys, la secretaria de Max, levantó la vista del ordenador y le sonrió de oreja a oreja.

–No está.

–¿Que no está? ¿Por qué no? Tenemos una reunión.

Además, no tenía sentido. Max siempre estaba allí, salvo cuando estaba en una obra. Y nunca ponía dos citas a la vez, era demasiado organizado.

–No tardará en llegar. Debe de estar en un atasco –comentó Gladys sin dejar de sonreír–. Te llamaré cuando llegue, si quieres.

–¿Está... en una obra?

–No. Está volviendo del puerto.

–¿Del puerto? –Seb frunció el ceño. No recordaba que Max tuviese ningún proyecto allí.

Max era, o había sido desde que Seb había ido a trabajar para él, un modelo a seguir. Trabajador, centrado, brillante. Era el hombre en el que él se quería convertir, la figura paterna que nunca había tenido.

Así que, si no estaba allí a las cinco y cuarto de la tarde, después de haber sido él quien había convocado la reunión, era que algo iba mal.

–¿Está bien?

–Yo diría que no puede estar mejor –comentó Gladys con alegría–. Está de excursión.

Seb frunció el ceño todavía más. ¿De excursión? ¿Max? Tal vez había entendido mal a Gladys y había dicho «de reunión».

–Estoy segura de que no tardará –en ese momento, sonó el teléfono–. Despacho del señor Grosvenor.

Por su sonrisa, Seb supo quién llamaba.

–Sí, está aquí –dijo Gladys–. Esperándote. Ah... –miró a Seb–. Estoy segura de que sobrevivirá. Sí, Max. Sí. Se lo diré.

Colgó y, sin dejar de sonreír, levantó la vista hacia donde estaba Seb.

–Está en el garaje. Me ha dicho que puedes entrar en su despacho y esperarlo ahí.

–Está bien, gracias, Gladys –respondió él, sonriendo también.

Después de observar el impresionante paisaje, abrió la cartera y empezó a sacar los bocetos que había preparado para ponerse a trabajar lo antes posible. En ese momento se abrió la puerta y apareció Max.

Seb levantó la vista... lo miró fijamente.

–¿Max?

Por supuesto que era Max, su figura alta y ágil, el rostro delgado y de líneas duras, el pelo canoso y la sonrisa de oreja a oreja que lucía eran inconfundibles.

Pero ¿dónde estaba la corbata? ¿Y la camisa de manga larga? ¿Y los resplandecientes zapatos negros? En otras palabras, el uniforme de Max. La ropa con la que había ido a trabajar todos los días durante los últimos diez años.

–Serás más profesional si tu aspecto es profesional –le había dicho a Seb nada más contratarlo–. Recuérdalo siempre.

Y él lo había hecho. En esos momentos, llevaba su propia versión del uniforme: pantalones azules marino, camisa de rayas grises y blancas y corbata a juego.

Max, por su parte, vestía unos vaqueros desgastados y una cazadora azul marino encima de una camiseta amarilla de la universidad de Washington. Estaba despeinado y no llevaba calcetines.

–Lo siento, llego tarde –dijo enseguida–. Había ido a navegar.

Seb tuvo que hacer un esfuerzo por mantener la boca cerrada. ¿A navegar? ¿Max?

Mucha gente salía a navegar, incluso durante la semana, pero Max Grosvenor, no. Max Grovenor era adicto al trabajo.

Lo vio quitarse la chaqueta y sacar una cartera de diseño del armario.

–Habría ido a casa a cambiarme, pero había quedado contigo. Así que... –se encogió de hombros, parecía contento– aquí estoy.

Seb seguía perplejo. Lo habría entendido si Max hubiese tenido otra reunión, aunque hubiese sido en un barco. Cosas más raras habían pasado. Pero no le hizo preguntas.

A pesar de su atuendo, Max volvía a estar centrado en el trabajo. Abrió la cartera y sacó los papeles del proyecto Blake-Carmody.

–Es nuestro –comentó sonriendo.

Y Seb sonrió también, satisfecho de que todo su trabajo hubiese obtenido un fruto.

–Estuvimos echándole un vistazo mientras tú estabas en Reno –continuó Max–. Me traje también a un par de personas del proyecto. Espero que no te importe, pero el factor tiempo era esencial.

–No, no me importa –Seb lo comprendía. A pesar de que él había trabajado mucho en el proyecto, Max era el presidente de la empresa.

Y nadie podía haber ido a Reno en lugar de Seb, ya que el proyecto del complejo hospitalario era todo suyo.

Max asintió.

–Por supuesto que no –dijo Max dejándose caer en el sillón de piel que había detrás de su escritorio y cruzando los brazos detrás de la cabeza. Luego, con un gesto, le indicó a Seb que se sentase también–. Estaba seguro de que lo entenderías. Y le dije a Carmody que gran parte del trabajo era tuyo.

Seb se sentó en el otro sillón.

–Gracias.

Le alegró oírlo, así Carmody entendería que Max no era el único responsable del trabajo y no se sentiría mal cuando Seb se pusiese al frente del proyecto.

Max bajó los brazos y se echó hacia delante, apoyando los antebrazos en los muslos y entrelazando los dedos.

–Así que espero que no te molestes si llevo yo el proyecto.

Seb se quedó sin habla.

–Sé que habíamos hablado de que lo llevases tú –continuó Max–, pero has estado muchas veces en Reno. Y todavía tienes cosas que hacer en el proyecto Fogerty, y en el edificio Hayes, ¿verdad?

–Sí, es verdad –pero eso no significaba que no quisiera trabajar todavía más para llevar a cabo el proyecto Carmody-Blake.

Max asintió con alegría.

–Exacto. Así tendrás más tiempo para trabajar en el concurso del colegio de Kent. Les impresionaron mucho tus ideas.

Seb hizo un sonido inarticulado y esperó parecer contento con el cumplido. Porque era un cumplido. Pero... él también quería el proyecto Blake-Carmody.

En realidad, no tenía derecho a sentirse decepcionado. Sí, lo habían invitado a compartir sus ideas acerca del mismo, y sí, Max se las había tomado en serio. Hasta habían hablado de la posibilidad de que él lo llevase, pero nunca de manera oficial.

Y era comprensible que Max quisiese hacer ese proyecto. A pesar de que, durante los últimos meses, Max había estado hablando de tomarse el trabajo con más calma.

–Sabía que lo entenderías. Rodríguez estará al

mando de la zona de oficinas. Y Chang, de la de tiendas –continuó Max.

Aquello tenía sentido. Frank Rodríguez y Danny Chang también habían contribuido al proyecto con sus ideas. Seb asintió.

–Y le he encargado a Nelly que se ocupe de las viviendas.

–¿Qué? –Seb se puso muy tieso–. ¿Neely Robson?

De pronto, le pareció que no se trataba sólo de que Max se quedase en el proyecto, sino...

Seb sacudió la cabeza.

–No puedes estar hablando en serio.

–Por supuesto que sí –contestó Max, que se había puesto tenso al oír su tono de voz.

–¡Pero si no tiene suficiente experiencia! ¿Cuánto tiempo lleva aquí? ¿Seis meses? Está verde.

–Ha ganado premios.

–Hace dibujos bonitos –Seb pensaba que podría haber sido decoradora de interiores.

Él sólo había trabajado con Neely Robson en una ocasión, durante el primer mes de ésta en la empresa. Y no habían encajado bien. A Seb le había parecido que sus ideas tenían poca sustancia y se lo había dicho. Y ella había contestado que él sólo quería construir rascacielos, que eran símbolos fálicos.

Era evidente que no se habían caído bien.

–A los clientes les gusta.

«A ti te gusta», quiso decirle Seb. «Te gusta su cuerpo curvilíneo y su larga melena de color miel. Sus seductores labios y los hoyuelos que le salen en las mejillas cuando sonríe». Pero apretó los dientes y se contuvo.

–Es buena en lo suyo –comentó Max. Y se quedó pensativo, sonriendo.

Seb se preguntó qué habría estado haciendo Neely con él, pero tampoco lo dijo en voz alta.

No obstante, tenía que decir algo. Se había dado cuenta de la atracción que sentía su jefe por Neely Robson. Era una mujer atractiva. Eso no podía negarlo.

Pero la empresa era tan grande que Max no se había fijado en ella hasta que había ganado un premio en febrero.

Desde entonces, Max le había prestado cada vez más atención.

Seb la había visto salir del despacho de Max en numerosas ocasiones durante los últimos meses, y lo había oído nombrarla. También había visto que Max fijaba la mirada en ella durante las reuniones.

No le había dado importancia. Max no era como su padre. Max era un hombre decidido y profesional, y adicto al trabajo.

Era imposible que Max Grosvenor se dejase seducir por una cara bonita. Tenía cincuenta y dos años y ninguna mujer lo había atrapado todavía.

Aunque Seb suponía que siempre había una primera vez. Si hasta había ido a navegar...

–Sólo quería decir que no tiene demasiada experiencia con edificios de viviendas y...

–No te preocupes por su experiencia. Yo trabajaré con ella. Y si está verde, ya aprenderá. Yo la ayudaré –arqueó una ceja–. ¿No crees?

Seb apretó los dientes con tanta fuerza que le dolió la mandíbula.

–Por supuesto –dijo.

Max sonrió.

–Es muy creativa. Deberías conocerla mejor.

–Ya la conozco.

Max rió.

–No tanto como yo. Ven a navegar con nosotros la siguiente vez, ¿qué te parece?

–La siguiente... ¿Has ido a navegar con...? –no fue capaz de terminar la frase.

¿Max y Neely Robson habían salido a navegar juntos? Max debía de estar pasando por una crisis. Aquél era el tipo de cosas que hacía Philip Savas, no Max Grosvenor.

–No se le da mal –comentó Max sonriendo.

–¿No? –Seb se puso en pie y recogió su cartera–. Me alegra saberlo, pero sigo pensando que vas a cometer un error.

Max dejó de sonreír. Miró por la ventana hacia el monte Rainier, aunque Seb no sabía si realmente lo estaba viendo. Por fin, volvió la mirada a los ojos de Seb.

–No sería el primer error que cometo –comentó–. Gracias por preocuparte, pero creo que esta vez no me estoy equivocando.

Se miraron fijamente. Seb quiso decirle que estaba muy equivocado, que él lo había visto muchas veces en su propio padre, sacudió la cabeza y dijo:

–En ese caso, voy a volver a mi trabajo, si no quieres hablar de nada más conmigo.

Max sacudió una mano.

–No, nada más. Sólo quería decirte lo del proyecto Blake-Carmody en persona. Me parecía poco apropiado hacerlo por teléfono. Ah, y no es mi intención ofenderte, ocupándome yo de él, Seb. Es sólo, que quiero hacerlo.

Con Neely Robson.

–Por supuesto –contestó Seb.

Ya había abierto la puerta cuando oyó a Max que le sugería:

–Deberías tomarte algo de tiempo para ti, Seb. No todo es trabajo en la vida.

Era cierto, pero no quería oírlo de boca de Max Grosvenor. Cerró la puerta sin decir palabra.

–¿No te parece estupendo? –le dijo Gladys sonriendo.

–¿El qué? –preguntó Seb, frunciendo el ceño.

–Max. Es estupendo que por fin tenga una vida.

Si Max por fin tenía una vida, a él no le daba ninguna envidia.

Las relaciones, según su experiencia, siempre eran complicadas, impredecibles y caóticas. Si Max se sentía tentado a tener una, era sencillamente porque estaba pasando por una crisis.

Y con Neely Robson, a la que le doblaba la edad. Estaba abocado al desastre.

A Seb siempre le había parecido que la vida de Max era ideal: ordenada, clara y controlable.

Sacudió la cabeza e intentó olvidarse del tema y pensar en el proyecto del colegio de Kent.

Eran más de las seis. Podría haberse marchado,

pero ¿para qué? Tenía trabajo pendiente y ningún motivo para volver a casa.

Seguro que su ático estaba hecho un desastre, con sus hermanastras recién llegadas. Además del desorden, seguro que hablaban todas a la vez, acerca de la boda, de Evangeline y Garrett, de lo perfecto que era todo, de lo felices que iban a ser. Y luego lo compararían todo con sus propias vidas amorosas.

Y especularían acerca de la de él.

Sus hermanas siempre habían intentado sonsacarle acerca de su vida privada. ¿Con quién salía? ¿Iba en serio? ¿La quería?

Él no tenía vida amorosa. Y no pretendía tenerla.

Sí tenía necesidades, por supuesto. Hormonas. Testosterona. Era un hombre con todos sus instintos, pero eso no significaba que fuese a casarse.

Ni que creyese en los cuentos de hadas.

Más bien al contrario, creía en proporcionar a sus hormonas lo que necesitaban de manera sana y sensata. Y llevaba años haciéndolo mediante aventuras discretas con mujeres que querían lo mismo que él. Ni más, ni menos.

Y si su última aventura había terminado un par de meses antes, había sido porque la guapa ingeniera que había estado satisfaciendo sus necesidades se había marchado a vivir a Filadelfia a principios de año. Y eso sólo significaba que tendría que buscarse a otra para reemplazarla.

No tenía por qué meterse en una relación seria.

Aunque sus hermanas no pensaban igual. Y nunca dudaban en decírselo.

Y dado que Evangeline se las había enjaretado durante todo un mes, seguro que se sentían libres de expresar sus opiniones.

Que Dios lo ayudase.

Necesitaba buscarse un refugio, aunque fuese sólo para ese mes. Un lugar donde nadie pudiese encontrarlo.

Pensó en trasladarse a un estudio vacío que había comprado dos años antes. Era tentador, pero estaba muy cerca de su ático. Y Vangie lo sabía. Todas lo sabrían si se iba allí.

Tal vez pudiese comprar un sofá para su despacho y dormir allí, aunque Max, con su nueva actitud, no estaría de acuerdo con la idea.

Pero él no estaba pasando por una crisis, como Max. ¿Por qué no iba a trabajar veinticuatro horas al día si era lo que quería? Al menos, en su despacho, podría concentrarse.

Intentó volver a pensar en el colegio de Kent. Casi todo el mundo se había marchado a casa ya. Eran casi las seis y media. Max había desaparecido hacía media hora.

Había intentado trabajar durante otra media hora más, pero su estómago había empezado a rugir.

Por suerte, no tenía que ir a casa a cenar, podía comprar algo preparado y volver a comérselo a su despacho. No iría a casa hasta la hora de dormir.

Tomó su chaqueta y salió al pasillo.

Sólo había una luz encendida, la del despacho de Frank Rodríguez. De camino al ascensor, oyó hablar a Frank y a Danny. Y sintió envidia. Aunque no quería el trabajo de Frank, ni el de Dani. Y no era culpa suya si no había conseguido el que sí quería.

–No puedo ayudarte –oyó que decía Danny Chang–. Ojalá pudiese –decía desde la puerta del despacho de Frank–. Pensé que la habías vendido.

–Y yo –decía Frank en tono sombrío–. Cath va a flipar cuando se entere de que no he cerrado el trato. Queremos esa casa. ¿Pero cómo voy a dar la señal si no tengo el dinero?

Danny se encogió de hombros.

–Si me entero de alguien que esté interesado, te lo mandaré –se dio la vuelta y vio a Seb–. Eh, ¿quieres comprar una casa flotante?

¿Una casa flotante?

Cualquier otro día, se habría reído, pero ése, lo pensó, y sin querer, preguntó con cautela:

–¿Qué tipo de casa flotante? ¿Dónde?

Danny y Frank se miraron.

Entonces, Frank se levantó y fue hacia la puerta.

–No es demasiado grande, seguro que no la quieres. Dos habitaciones, un baño. En realidad, es bastante pequeña. Está en la parte este del lago Union. La compré cuando llevaba aquí un año. Y me encanta, pero Cath... Vamos a casarnos, y a Cath no le gusta.

–Cuéntame más.

Frank pareció sorprenderse. Y entonces, empezó a darle detalles.

–Es muy funcional. Tiene unos cincuenta años, pero está muy cuidada. Es un lugar bonito y tranquilo. Justo al final del muelle. Como es evidente, las vistas son estupendas. El inquilino iba a comprarla, pero no ha conseguido la financiación, acaba de llamarme.

–¿Tienes un inquilino?

–Alquilé la habitación que estaba vacía.

–¿Y cuánto pides por ella?

–¿En serio? –preguntó Frank.

–Te lo acabo de preguntar, ¿no?

–¡Ah! Bueno... –sorprendido, Frank le dijo una cantidad.

No era barata, pero la paz tenía su precio. Y luego, siempre podría volver a venderla.

Seb asintió.

–Te haré un cheque.

Capítulo 2

ERA PERFECTA.

Seb vio la casa flotante desde la colina. Estaba justo al final del muelle. Tenía dos pisos y parecía cómoda y acogedora. Tal y como le había dicho Frank.

No podía haber tomado una decisión mejor, pensó mientras aparcaba. Se sintió vivo, con energía, sonrió.

Le había costado mucho dinero, pero ¿para qué quería el dinero, además de para pagar la boda de su hermana, la universidad de sus otras hermanas y comprar regalos a los hijos que iban teniendo las ex mujeres de su padre?

Además, Frank le había asegurado que sería fácil de vender, que su inquilino se la compraría en cuanto consiguiese el dinero.

Aunque, en esos momentos, a Seb sólo le interesaba la tranquilidad.

La visita a su ático un rato antes, había terminado de convencerlo de que había hecho lo correcto. Los platos sin fregar. Los teléfonos móviles sonando y sus hermanas riendo. Todas habían ido a abrazarlo.

Se había preparado para ello.

Pero se había olvidado de la música, la televisión, los gritos. Y los olores. Los acondicionadores de pelo dulzones, las lacas, los geles y los miles de perfumes.

Su ático olía como un burdel.

Unos minutos allí lo habían convencido de que había tomado la decisión correcta.

Sus hermanas habían parecido disgustarse, pero él había conseguido zafarse de ellas y había ido a su habitación a hacer las maletas.

Había recogido lo que pensaba que podía necesitar, o lo que no quería que le rompiesen, como el antiguo violín que había pertenecido a su abuelo, y se había despedido de ellas.

–Volveré el domingo para llevaros a cenar –les había prometido.

Antes de marcharse, Jenna le había pedido dinero para pagar unas pizzas para la cena.

–¿Seguro que no quieres quedarte? –le había preguntado, sin devolverle el cambio.

–No.

Pero en ese momento, de camino a la casa flotante, deseó haberse quedado a tomar al menos un trozo de pizza.

No importaba. Se prepararía algo cuando se hubiese instalado, y hubiese conocido al inquilino de Frank. Si tenía alquilada una habitación en una casa flotante, se alegraría mucho cuando le propusiese que se trasladase a su estudio gratis. Y tal vez cuando quisiese vender la casa flotante, él ya habría obtenido el préstamo y podría comprársela.

Subió a bordo y empezó a silbar mientras abría la puerta.

–Hogar, dulce hogar –murmuró.

Abrió la puerta y entró en el pequeño recibidor, en el que había una escalera que daba al segundo piso a un lado, y estanterías y una puerta al otro. Al frente, al fondo del pasillo, había una ventana por la que entraba el sol. Eso, y la música, hicieron que se acercase.

Era un minué de Bach, ligero y cadencioso, rítmico, ordenado, nada que ver con el estruendo que había dejado en su ático.

Sintió que desaparecía la tensión de sus hombros. Se había preguntado cómo iba a convencer al inquilino de Frank de que se marchase. La música de Bach lo tranquilizó. Tenía que ser una persona sensata.

Llegó al final del pasillo y entró en el salón. Se quedó inmóvil al ver una jaula con dos conejos en una de las ventanas. También había un acuario en la barra que separaba la zona de la cocina del resto de la habitación. Había tres gatitos en el suelo, uno de ellos intentando subirse a una caja de cartón que les impedía atravesar la puerta.

Pero lo que más le sorprendió fue ver un par de largas y femeninas piernas subidas a una escalera en la terraza.

–¿Ya has vuelto? –preguntó la mujer que, al parecer, había oído la puerta–. Es demasiado pronto. Márchate y vuelve dentro de media hora.

Seb no se movió. Siguió mirando las piernas. Y sintió interés e irritación al mismo tiempo.

¿El inquilino era una mujer? ¿Y Frank no se había molestado en decírselo?

Bueno, tal vez para él no fuese importante.

–¿Cody? –llamó la mujer–. ¿Me has oído? Te he dicho que te marches.

Seb se aclaró la garganta.

–No soy Cody –contestó, más tranquilo al ver que no le temblaba la voz, sin dejar de mirar las piernas.

–¿No...?

La mujer bajó un par de peldaños y se agachó para asomar la cabeza.

Seb se quedó de piedra.

¿Neely Robson?

Imposible. Cerró los ojos y los volvió a abrir. Era Neely Robson.

Se miraron el uno al otro.

Y entonces, casi a cámara lenta, ella se incorporó y Seb dejó de ver su rostro. Por un instante, creyó que se lo había imaginado.

Entonces la vio bajar de la escalera y acercarse a la puerta, con una brocha en la mano.

–Señor Savas –dijo de manera educada, con voz un tanto ronca y provocativa.

Seb se preguntó si a Max también lo llamaría señor Grosvenor.

–Señorita Robson –respondió él en tono cortante.

–Lo siento. No esperaba... Pensé que era Cody con Harm –comentó. Estaba ruborizada.

Seb sacudió la cabeza, sin saber de lo que le estaba hablando.

–Mi perro. Harmony. Así se llama. El chico que vive al otro lado del muelle se lo ha llevado a dar un paseo. Pensé que ya estaban de vuelta y todavía no he terminado de pintar.

Era la primera vez que Seb oía balbucear a Neely Robson y, en otras circunstancias, le habría parecido divertido.

–No importa –añadió ella–. Ha venido a buscar a Frank.

–No.

–¿No? Entonces... ¿Por qué...? –lo miró a los ojos, luego bajó la mirada y vio las maletas. Frunció el ceño.

A Seb le hubiese gustado haber podido disfrutar más del momento, haber estado más preparado. Y mucho menos sorprendido que ella.

No importaba. Lo hecho, hecho estaba. Y Neely Robson pronto se marcharía de allí.

–Siento decepcionarla, señorita Robson. Ya he visto a Frank. Ahora, he venido a quedarme.

–¿Qué?

La vio palidecer y le gustó. Sonrió.

–Si es usted la inquilina, señorita Robson, tiene un casero nuevo. Yo.

Nelly observó desolada al hombre que estaba en su salón. Ya era horrible tenerlo allí, pero que fuese su nuevo casero, era imposible.

–Perdone, ¿qué ha dicho?

–Que he comprado esta casa.

Neely sintió que le temblaban las rodillas. Se apoyó en el marco de la puerta para no caerse.

–No.

–Sí –replicó él sonriendo. O haciendo una mueca–. Esta casa flotante –aclaró, por si no se había enterado bien–. Y vengo a vivir en ella.

Así que había oído bien. Siguió mirándolo fijamente, aterrada, incapaz de creerlo.

–Se confunde. Soy yo quien va a comprar la casa. Es mía.

–Lo siento... por usted, pero no. No es suya. Quiero decir, que Frank me la ha vendido hace un par de horas.

–¡No puede haber hecho eso! ¡Jamás lo haría! Teníamos un trato.

–Pues ya no.

Ella siguió mirándolo, como si acabasen de darle un puñetazo en el estómago. Como siempre que su madre, Lara, le decía que iban a mudarse otra vez. Y otra. Y otra más.

–Frank comentó que lo había llamado un tal Gregory. Supongo que es un asesor hipotecario, ¿no?

Neely asintió.

–Un amigo de Frank. Me prometió encontrarme una hipoteca.

–Sí, pero al parecer, no ha podido ser.

–Siempre puedo preguntar en otra parte.

Sebastian asintió, aunque no había ni rastro de compasión en su mirada.

–Sin duda, pero Frank no podía esperar. Creo que tenía que dar una entrada para una casa. Una boda. Y un bebé de camino. Estaba bastante estresado.

Pero a él le daba igual, porque la operación le había salido redonda.

Dejó el bolso de viaje en el suelo y el portatrajes encima del sofá, luego fue hacia la puerta.

–¿Qué está haciendo? –le preguntó Nelly.

–Voy a por el resto de cosas. ¿Quiere ayudarme?

Y sin esperar una respuesta, se marchó.

Y ella se quedó echando chispas. Tomó su teléfono móvil de encima de la mesa de la terraza y marcó el número de Frank.

Éste no contestó.

–Cobarde –murmuró ella.

–¿Está hablando conmigo? –preguntó Sebastian Savas, que estaba de vuelta con dos grandes cajas de cartón, que dejó encima de la mesita de café.

¡Su mesita de café!

–Eso es mío –le dijo.

Él siguió su mirada hasta la mesa.

–Disculpe. Frank me había dicho que iba a dejar algunos muebles.

–Pues esa mesa, no –dijo Neely, sabiendo que se estaba comportando de manera mezquina, pero le daba igual.

–Está bien –Seb quitó las cajas de la mesa y las dejó en el suelo–. El suelo es mío –replicó, luego volvió a sonreír y se marchó de nuevo.

Neely deseó gritar, pero se quedó viendo cómo volvía a entrar con otra caja y la dejaba al lado de las otras, en el suelo. En *su* suelo.

–No puedo creer que la haya comprado –murmuró, llena de ira.

–Ni yo –dijo Sebastian con alegría–, pero es perfecta.

Aquel comentario la sorprendió. Jamás habría imaginado que Sebastian Savas pudiese pensar que aquella casa era perfecta. Max le había contado que vivía en un ático. ¿Qué había pasado con él?

–No me cabe en la cabeza que piense eso –comentó ella con acidez.

–Pero es que usted no conoce mis circunstancias, ¿verdad? –dijo él, con los brazos en jarras, observando su dominio.

–¿Lo han desahuciado? –preguntó Neely con dulzura.

Él la miró de manera tan dura, que la hizo retroceder un paso. Tendría que tener más cuidado con lo que decía si Sebastian se quedaba a vivir allí.

Pero no pudo evitar añadir:

–O tal vez se haya escapado de casa.

–Tal vez.

–Sí, claro. Dígame, ¿por qué lo ha hecho?

–Danny me preguntó si quería comprar una casa flotante.

–Y usted la compró. ¿Por qué no? Sacó la chequera y dijo: la compro.

–Algo así.

Neely no podía creerlo.

–Seamos realistas.

Él se limitó a encogerse de hombros.

Era algo que odiaba de él, aquella indiferencia

fría, de superioridad, aquel desdén con el que demostraba que nada le afectaba. En el trabajo lo llamaban el Hombre de Hielo a sus espaldas, aunque podían habérselo llamado a la cara, porque le habría dado igual.

Lo vio abrir una de las cajas, sacar unos libros y empezar a colocarlos en una estantería. Ella suspiró con brusquedad.

Sebastian se giró y la miró.

–¿Qué? ¿No protesta? ¿Son todas las estanterías para mí?

–Eso parece, dado que son de obra –replicó Neely entre dientes–, pero, como inquilina, tengo derecho a utilizar parte del espacio.

–Ah, sí. El alquiler.

–La cantidad está establecida –le advirtió, por si pretendía triplicársela–, en el contrato de arrendamiento.

Él no respondió a aquello.

–¿Quiere que mida y divida el espacio? ¿Para estar segura de que le corresponde la parte justa?

–Supongo que podemos llegar a un acuerdo –murmuró ella, fulminando con la mirada su cuerpo alto, fuerte y masculino, que estaba invadiendo su espacio y que la escrutaba con sus penetrantes ojos verdes.

Eran unos ojos increíbles, de un verde muy claro, que contrastaba con su piel color oliva y su pelo grueso y moreno. Y convertían su rostro fuerte, atractivo, de rasgos casi duros, en un rostro todavía más memorable... y atrayente.

En el trabajo, Sebastian Savas tenía fama de ser

exigente, riguroso e imperturbable. Todo un hombre de negocios. Completamente frío.

Las mujeres, las muy tontas, coqueteaban con él, le hacían ojitos, le sonreían y le llevaban cafés con la esperanza de que les hablase, saliese con ellas y se casase con ellas.

Pero él casi ni las veía.

Needy pensaba que sólo se fijaba en los edificios, cuanto más altos y puntiagudos, mejor.

Un hecho que le había mencionado en una ocasión, sobre todo porque él había dicho de sus bocetos que parecían casas para la Barbie.

Pero no, eran despachos para una revista de moda femenina cuyo logotipo era de color rosa fucsia. No obstante, Sebastian no lo había entendido. Sólo había rechazado su propuesta de poner algo de color en los despachos.

Desde entonces, no habían vuelto a tener ninguna relación.

Ella no quería tenerla.

Seb era la mano derecha de Max y éste pensaba que era estupendo. Aunque era normal, ya que se parecían mucho.

–Te caerá bien cuando lo conozcas mejor –le había prometido Max.

Pero Neely no estaba de acuerdo, y no tenía ningún interés en conocerlo mejor.

No le hacía ninguna falta un hombre adicto al trabajo. Hacía veintiséis años que un hombre adicto al trabajo no se había casado con su madre, que estaba embarazada. Aunque su madre tampoco hubiese sido de las que se casaban.

Pero eso era irrelevante en esos momentos.

Lo importante era averiguar a qué tipo de juego estaba jugando el Hombre de Hielo.

–¿Así que ha dicho que sacó su chequera para salvar a Frank Bacon? –lo presionó.

–Nos hice un favor a ambos. Él quería vender. Y yo quería comprar. Llegamos a un acuerdo. Así de sencillo.

No era nada sencillo. Al menos, para ella. Abrió la boca para seguir discutiendo, pero se dio cuenta de que no merecía la pena.

Discutiendo no iba a cambiar nada. Había imaginado que no le darían el préstamo, ya que sólo llevaba ganando dinero de verdad desde que había terminado la universidad. De eso hacía dos años y medio y, con el dinero que ganaba, también tenía que pagar el crédito gracias al cual había podido estudiar y enviarle algo a su madre. Lara, que se había casado por fin cuando Neely tenía doce años, era viuda y tenía una pensión insignificante y un pequeño negocio de joyería. Era autosuficiente, pero no podía permitirse caprichos, a no ser que Neely se los pagase.

Ella había soñado con comprarse la casa flotante. Le había encantado nada más alquilarle la habitación a Frank, seis meses antes. Y había tenido la esperanza de que le diesen un préstamo.

Pero, al parecer, no había sido posible. Todavía.

Y Frank no había podido esperar y había tomado el camino más corto.

Se la había vendido a Sebastian Savas.

–Hablando de acuerdos. Tengo que proponerle

un trato, señorita Robson –le estaba diciendo Sebastian en esos momentos. Estaba de pie, con una pila de libros en las manos, mirándola fijamente.

–¿Un trato? –repitió ella, esperanzada–. ¿Me la va a vender?

Él negó con la cabeza.

–No, pero tengo un lugar al que podría marcharse.

Neely volvió a sentirse como si le hubiesen dado un puñetazo en el estómago.

–Tengo un apartamento vacío –la miró con expectación, como si pensase que iba a saltar de alegría–. Podría dejárselo gratis durante seis meses.

Ella negó con la cabeza.

–No voy a marcharme a ninguna parte.

–Tiene que hacerlo –dijo él, frunciendo el ceño–. Yo voy a vivir aquí.

–Me alegro por usted.

Él la miró fijamente. Sus ojos verdes parecían más fríos que nunca.

–¿Está diciendo que quiere compartir casa?

Neely se encogió de hombros, haciendo acopio de indiferencia. Esperó resultar creíble.

–No quiero, pero si va a vivir aquí, tendré que hacerlo –señaló hacia las escaleras con la cabeza–. Su habitación es la de la derecha. Es más pequeña que la mía, pero tiene mejores vistas. Que la disfrute.

Y no esperó a escuchar su respuesta. No quería oírla. Además, tenía que alejarse de él antes de que no pudiese contener las ganas de lanzarle la brocha, o algo peor.

Así que volvió a salir a la terraza y se subió a la escalera para seguir pintando. En su cabeza, y en su corazón, estaba abofeteando a Sebastian Savas.

Él no se marchó, ni subió al piso de arriba. En su lugar, colocó los libros, quitó la caja que había delante de la puerta y salió a la terraza. Se apoyó en la barandilla y la miró.

–Los gatos van a escaparse –le advirtió ella.

Él ignoró su comentario.

–No quiero compartir casa, señorita Robson –dijo en tono monótono e inflexible.

Neely ya lo había oído hablar así antes, en el trabajo.

–Yo tampoco –respondió ella en el mismo tono. Metió la brocha en el cubo de pintura y continuó abofeteando la pared, sin mirar hacia abajo, aunque sabía que lo tenía detrás.

–En ese caso, tendrá que marcharse –sugirió Sebastian–. Comprenda que no la estoy echando a la calle. Mi oferta es muy justa, y el apartamento está muy bien situado.

–Sin duda, pero no me interesa –otra bofetada.

–Mire, señorita Robson –insistió él en tono comedido–. Creo que no me ha entendido. No puede quedarse aquí. Puede aceptar mi oferta o hacer las maletas y marcharse. No puede quedarse.

Neely se giró un poco para poder mirar por encima del hombro y verlo. Era grande e imponente incluso visto desde arriba.

–De eso nada, señor Savas –dijo ella también con tranquilidad–. Claro que puedo quedarme. Tengo un contrato –añadió con dulzura–. Por escrito. Cath, la novia de Frank, es abogada. Quería estar segura de que todo era legal. Intente escurrir el bulto, si quiere –terminó sonriendo de oreja a oreja.

Él apretó la mandíbula.

–Le pagaré.

Neely se encogió de hombros.

–Véndame la casa flotante. Le había ofrecido a Frank una buena cantidad.

–Una cantidad que, al parecer, no pudo reunir.

–Pero lo conseguiré, tengo un buen trabajo, perspectivas de futuro.

Él resopló con desdén.

–¿Por qué hace eso? –le preguntó ella, frunciendo el ceño.

–Por sus perspectivas. ¿Así llama a Max? Seguro que le encantará saberlo.

–¿Max? –Neely se quedó boquiabierta. Sebastian pensaba que estaba utilizando a Max.

Cerró la boca de repente. Le habría encantado tirarle la lata de pintura por la cabeza.

Él se encogió de hombros.

–Veo que no lo niega.

–¡Claro que lo niego!

–Bueno, pues no se moleste. Que él esté demasiado ciego para darse cuenta de lo que está haciendo, no quiere decir que los demás también lo estemos.

Neely apretó la brocha con los dedos, deseando tener entre las manos el fuerte cuello de Sebastian Savas.

–¿El resto? ¿A quién se refiere?

–A mí, para empezar. A Gladys.

–¿La secretaria de Max piensa que quiero utilizarlo?

–Está encantada porque lo está humanizando –comentó Sebastian–. No se me ocurre otra palabra para describirlo.

–No sabe de qué está hablando –se quejó ella.

–¿No?

–No, no lo sabe, señor Savas. Y no debería imaginar cosas que no son –se dio la vuelta y siguió pintando. ¡Estaba furiosa con él!

–Entonces, ¿qué voy a tener que hacer para echarla, señorita Robson? –insistió él–. ¿Cuál es su precio?

Neely no le hizo caso. El sol casi se había puesto. Tenía que encender la luz si quería seguir viendo lo que estaba haciendo. Aunque, ¿qué más daba? Si aquélla era la casa de Sebastian Savas, y no la suya, ¿para qué se estaba molestando en pintarla?

¡Porque sí era suya!

Ella la había pintado, la había cuidado, se había ocupado de ella cuando Frank se había ido a vivir con Cath. ¡Le había prometido que se la vendería!

Tal vez debiese haber aceptado la oferta de Max.

Cuando por fin le había quedado claro que ella no iba a renunciar a su independencia, le había dicho que podía ayudarla a financiar la casa flotante.

Ella se había negado. Era demasiado testaruda y orgullosa como para aceptar.

Si el Hombre de Hielo se enteraba de lo que

Max le había ofrecido, se pondría furioso. Porque Sebastian pensaba que lo sabía todo. Era un cretino presuntuoso.

Ni siquiera quería su casa flotante. Estaba segura. Quería darle un uso en ese momento, aunque Neely no sabía cuál, pero terminaría volviendo a su ático.

Dejó la brocha y se giró para mirarlo de nuevo.

–¿Cuál es su precio, señor Savas?

–¿Mi precio? –dijo él sorprendido.

Pero entonces la recorrió con la mirada, desde los pies descalzos hasta la cabeza, respondiendo a su pregunta con ella.

Neely se ruborizó y deseó abofetearlo, aunque la culpa había sido suya por preguntar.

Entonces, lo vio sacudir la cabeza.

–No tiene nada que yo quiera, señorita Robson.

Ella volvió a desear abofetearlo.

Pero, antes de que le diese tiempo a reaccionar, Cody y Harm entraron corriendo.

–¡Ya estamos aquí! –exclamó el chico–. Harm se ha metido en el barro y necesito una toalla y...

A Harm le encantaban los extraños, corrió entusiasmado hacia Sebastian Savas y se lanzó sobre él. ¡Y ambos fueron a parar al agua!

A Neely le habría encantado poder quedarse allí, riéndose, pero sólo deseó que Sebastian supiese nadar. Lo más probable era que le pusiese una demanda de todas maneras.

Bajó la escalera y él salió a la superficie.

–¿Está bien?

Neely deseó oírlo gritar o amenazarla, o algo.

No le hubiese importado que intentase estrangular a su perro.

Pero no lo hizo. Dio un par de brazadas para llegar al borde de la casa y salió del agua. Sin decir ni una palabra.

Ella lo observó y esperó a que empezase a echar humo. Estaba en su derecho. Dos de los gatitos se habían asomado de manera peligrosa a la barandilla y Harm chapoteaba contento.

Se apartó del camino de Sebastian y tomó a los gatitos, los dejó en el salón y volvió a poner la caja tapando la puerta.

–Le dije que no moviese la caja –le dijo a Sebastian–. Esto... lo siento –añadió. Aunque habría sonado más convincente si no se lo hubiese dicho sonriendo.

Sebastian se volvió a mirar a Harm, que estaba intentando volver a tierra firme.

–Yo iré a por él –se ofreció Cody. Y salió corriendo antes de que alguien le echase la culpa de lo que había pasado.

Aunque Neely no estaba enfadada con él. Y Sebastian todavía no había dicho nada.

A ella le sorprendió que, hasta empapado, siguiese pareciendo imperturbable. Aquel hombre era inhumano.

–¿Ése era su perro?

–Sí –contestó ella, riendo con nerviosismo.

–¿Y lo hace a menudo?

–¿Tirar a la gente al agua? Con más frecuencia de lo que a mí me gustaría. Aunque casi siempre me lo hace a mí, así que he aprendido a no ponerme al lado de la barandilla cuando está contento. Todavía es un cachorro. Sólo tiene un año. Lo siento –repitió.

–No, no lo siente –dijo él mirándola a los ojos.

Y Neely volvió a sentir lo mismo que la primera vez que habían discutido. Irritación, por supuesto, pero algo más, algo caliente y eléctrico y muy, muy intenso que había entre ambos.

Le entraron ganas de tirarse al agua, pero tomó aire e intentó tranquilizarse.

–Tiene razón. No lo siento.

Y volvieron a quedarse así, mirándose a los ojos, hasta que volvió Cody con Harm.

–Ya lo tengo. Al menos, ya no está lleno de barro –comentó el chico mirando a Neely, aunque se puso muy serio al volver la vista a Sebastian.

–Tengo deberes –dijo–. De matemáticas. Muchos. Tengo que irme –y salió por la puerta antes de que a ninguno de los dos le diese tiempo a volver a hablar.

Durante el silencio que siguió a su marcha, Harm se sacudió y mojó a Neely casi tanto como estaba Sebastian. Ella se llevó al perro a la cocina y se puso a secarlo.

Sebastian la siguió, todavía empapado.

–No pienso marcharme –le advirtió.

Neely levantó la vista.

–Ni yo.

–Esta casa es mía.

–Y yo tengo alquilada una habitación en ella durante seis meses.

–Le he ofrecido un lugar mejor al que ir.

–Claro que sí. ¿Con un perro y cinco gatitos, dos conejos y un cobaya?

Él apretó la mandíbula. La observó.

Neely se encogió de hombros.

–Voy a quedarme, señor Savas. Y si no le gusta, peor para usted.

Capítulo 3

HA SIDO un golpe bajo –le dijo Neely a Frank a la mañana siguiente, cuando éste le abrió la puerta del apartamento de Cath.

Se había pasado la noche hecha una furia, yendo y viniendo, pero sin salir de su habitación, porque Sebastian Savas la había invadido. Después de darse una ducha, había bajado al salón y había instalado su ordenador en el escritorio que daba a la ventana.

–¿Es mío? –le había preguntado, arqueando una ceja.

–Sí, es suyo –había contestado ella entre dientes.

Así que se había puesto a trabajar en el salón. Y ella se había subido a su habitación porque no quería que la viese disgustada.

No obstante, no le importaba que Frank se enterase de cómo se sentía.

–Muy bajo –añadió en ese momento.

A juzgar por la expresión de Frank, le hubiese dado con la puerta en las narices si hubiese podido, pero no podía.

–Esto... Hola, Neely. Buenos días –dijo desde detrás de la puerta.

–¿Buenos, Frank? No para mí –y entró con paso decidido en el salón de Cath.

–Espera un minuto... Neely, ya sabes que no lo habría hecho si te hubiesen concedido el préstamo.

Neely lo sabía, pero eso no la tranquilizaba. Apretó los dientes.

Frank se encogió de hombros.

–Sé que estás enfadada. Lo siento. No pude hacer nada, ocurrió...

–¡Al menos podías habérmelo dicho!

–¿Que la había comprado Savas?

–No, que no me iban a dar el préstamo. No debería haberme enterado por Sebastian Savas. Tu querido amigo Greg debería habérmelo dicho.

Frank juró entre dientes. Luego, se pasó los dedos por el pelo.

–Lo intentó. De verdad. A mí me llamó tarde. Me dijo que no había podido localizarte en tu teléfono móvil y que no había querido dejarte un mensaje. Por eso me llamó a mí. Pensó que tal vez estuvieses todavía en tu despacho, pero no estabas.

No, no estaba. Porque se había ido a navegar con Max.

Max la había llamado la noche anterior y le había dicho que estaba pensando en comprarse un yate, y que quería salir a navegar con él el viernes. Le había preguntado si quería acompañarlo.

Así que habían quedado a las nueve y se habían dedicado a navegar mientras a ella le denegaban el préstamo.

–Está bien –le dijo a Frank–. Ha sido culpa mía.

Frank le dio una palmadita en el hombro.

–Lo siento –repitió–. De verdad. Y... no sabía cómo decirte lo de Savas. Siéntate.

Pero Neely se quedó de pie.

–Como quieras –dijo él, encogiéndose de hombros. Tomó aire, se pasó los dedos por el pelo y se volvió hacia ella–. Savas fue... como un regalo del cielo.

–¿Sebastian Savas? Imposible.

–Ya sabes a lo que me refiero. Estaba desesperado, contándole a Danny lo que había ocurrido, cuando llegó Savas, que, para variar, se había quedado a trabajar hasta tarde, y Danny, bromeando, le preguntó si quería comprar una casa flotante. Y... –Frank se encogió de hombros, todavía parecía no creérselo–. Me la compró.

Neely tampoco podía creerlo.

–¿Qué ha pasado? –quiso saber Frank.

–¿Antes o después de que Harm lo tirase al lago?

–¿Bromeas?

–Jamás podría inventarme algo así –el recuerdo de lo ocurrido todavía la hacía sonreír–. Se lo tomó con mucho aplomo. Nadó hasta la casa, subió, y se quedó en la terraza, empapado, actuando como si fuese algo que le ocurría a diario.

Frank sacudió la cabeza.

–¿Y...?

–Luego subió, se dio una ducha, se cambió de ropa, pidió una pizza, enchufó el ordenador y se puso a trabajar. Yo me fui a la cama y lo dejé allí.

–Así que se ha mudado –comentó Frank con incredulidad–. ¿Sin avisarte antes? ¿Y qué vas a hacer tú?

–¿Yo?

–Bueno... no puedes...

–Tengo un contrato de alquiler –le recordó Neely.

–¡Pero no vas a vivir con Sebastian Savas! –exclamó Frank, como si estuviese loca.

–Bueno, ¿y qué pensabas que iba a ocurrir? –le preguntó ella, exasperada.

–Pensé... No sé lo que pensé. ¿Que era una inversión?

–Si hubiese sido una inversión, lo habría reflexionado. Tomó la decisión demasiado pronto.

–Supongo que sí, pero ¿por qué?

–Tal vez quiera poner celoso a Max.

Frank se quedó boquiabierto.

–Es broma –se apresuró a decirle Neely–, pero lo que sí es cierto es que Savas piensa que me estoy acostando con el jefe. Y es evidente que no le parece bien.

–Oh, Dios –rió Frank–. ¿No le has contado lo de Max?

–Por supuesto que no. Que piense lo que quiera. De todos modos, me odia. Así que ya tiene un motivo más.

–¿Te odia? –preguntó él, sorprendido–. ¿El Hombre de Hielo?

–Piensa que sólo diseño tonterías –le explicó Neely, aunque tal vez aquello no fuese odiarla.

–Es sólo que él tiene una visión distinta.

–Sí, una visión puntiaguda y vertical –comentó con sarcasmo.

–Sé amable con él. Vas a tener que serlo, ahora que estáis viviendo juntos.

Neely dejó de sonreír.

–Gracias a ti.

–Ya te he dicho que lo siento. Además, pensé que iba a buscarte otro lugar adonde ir.

–¿Lo hablaste con él? ¿Sabía que yo vivía allí?

–Le dije que tenía un inquilino.

–Pero no le dijiste quién era.

–Si se lo hubiese dicho, no me habría comprado la casa. Entonces, ¿no te ha ofrecido otro lugar?

–Sí, un estudio.

–Bueno...

–¿Me imaginas con Harm, los gatos, los conejos, la cobaya y el pez en un estudio? Además, no quicro irme a ninguna parte. ¡Quiero esa casa flotante!

Se había enamorado de ella nada más verla. Y cuando Frank le había dicho que quería venderla, le había hecho inmediatamente una oferta.

Además de que le encantaba, después de haber viajado tanto durante su niñez, quería echar raíces en alguna parte. Quería sentirse en casa.

–Bueno, tal vez cambie de idea –comentó Frank esperanzado–. Tal vez se haya levantado esta mañana y se haya arrepentido de la compra. En ese caso, podría vendértela.

–Sí, y tal vez esta noche pase un pato asado volando y caiga directamente en mi plato.

–¿Qué?

–Sólo quería decir que eres demasiado optimista, Frank. No importa. Al contrario que tú, yo no espero que ocurra ningún milagro. Tendré que convencerlo de que me la venda. Sólo tengo que averiguar cuál es su precio. En cualquier caso, no voy a marcharme.

Neely iba a marcharse.

Estaba seguro.

La noche anterior, antes de que se fuese a la cama, le había dicho de manera bien clara que tenía que irse.

Pero ella no había contestado. Lo había fulminado con la mirada, había recogido a los gatitos y se había subido a su habitación.

Esa mañana, cuando se había levantado, ella ya no estaba allí. Normal, ya que eran más de las nueve.

Hacía un día estupendo. El sol brillaba y él había dormido mejor que en muchos años. Le tranquilizaba dormir tan cerca del agua, le relajaba. Le recordaba a los veranos que había pasado en casa de sus abuelos, en Long Island.

La casa de éstos estaba en la costa, y su abuelo tenía un barco con el que salían a navegar. Y, de vez en cuando, convencía a su abuelo de que pasasen allí la noche. Aquello era lo más especial del verano.

La noche anterior había evocado aquellos recuerdos perdidos. E incluso esa mañana, seguía pensando en ello mientras se tomaba un café delante de la ventana.

Sólo las vistas, los recuerdos, le hacían sonreír.

Le daba igual Neely Robson. Había hecho lo correcto comprando aquella casa flotante. Ya se sentía mejor en ella que en su propio ático.

Estudió el tono que había escogido ésta para pintar la terraza. Era un gris plateado. Le sorprendió. Había imaginado que la pintaría de rosa. O morado.

El gris no estaba mal. Encajaba con el entorno. Levantó el bote de pintura y vio que todavía quedaba bastante, y se alegró. Neely había bajado las canaletas y las había pintado también. Él volvería a colocarlas y seguiría pintando lo que faltaba. Pero antes tenía que ir a comprar comida.

Entró en casa, sacó un trozo de pizza de la nevera y se la comió mientras recorría el resto de la casa.

La noche anterior, con Robson presente, no había podido inspeccionar su nueva compra.

Había subido a su habitación, se había quitado la ropa mojada, se había duchado y vestido. Así que sabía cómo era el cuarto de baño. Por suerte, había descubierto que su inquilina no era tan desordenada como sus hermanas.

Pero no se había entretenido más arriba. Había bajado al salón y se había puesto a trabajar.

–Empieza como pretendas continuar –le decía siempre su abuelo.

Y así lo había hecho Seb. Aquello lo había ayudado a soportar a las «madres» que su padre llevaba a casa.

Nunca intentaba complacer a nadie. Trabajaba duro y actuaba con sentido común. La vida era más sencilla así.

Si no le caía bien a la gente, peor para ellos.

A Neely Robson no le gustaba.

Pero le daba igual. A él tampoco le caía bien ella.

Y se quedaría muy a gusto cuando la viese salir de allí con todas sus cosas.

Con un poco de suerte, cuando volviese de hacer la compra, se la encontraría preparando las maletas.

Neely nunca había sido una exploradora.

No obstante, sabía que los exploradores siempre tenían que estar preparados para todo.

Así que cuando volvió a casa esa tarde, lo hizo preparada para hacerle una propuesta a Sebastian Savas.

Le había estado dando vueltas al tema desde que se había marchado de casa de Frank. Éste tenía razón, tal vez Sebastian se arrepintiese de la compra. Aunque era probable que no, pero no perdía la esperanza.

En cualquier caso, se había pasado tres horas en la biblioteca, porque no quería volver a casa, haciendo números. También había llamado a su madre para decirle que, durante los próximos meses, iba a andar peor de dinero. A Lara no le importaba. Ella nunca pensaba en el dinero.

Luego volvió a la casa flotante, preparada para hacerle al Hombre de Hielo una oferta que no podría rechazar.

Pero no estaba preparada para entrar en el salón y encontrarse con un hombre muy diferente del que conocía.

En los siete meses que llevaba trabajando en Grosvenor Design, sólo había visto a Sebastian en traje. Bueno, una vez, en una obra, lo había visto con el primer botón de la camisa desabrochado y la corbata aflojada. Y la noche anterior lo había visto en traje, pero empapado.

Incluso después de ducharse, Sebastian había bajado al salón con una camisa de vestir de manga larga y unos pantalones oscuros bien planchados. Aunque sin corbata, eso sí.

En una ocasión le había comentado a Max que Sebastian debía de haber nacido con gemelos.

Y su comportamiento frío y calmado era como otro traje.

Así que, ¿quién era el tipo descalzo y con unos vaqueros desgastados que estaba subido a la escalera?

Neely se quedó de piedra. Su cuerpo se paró, pero su mirada siguió ascendiendo hasta detenerse en unos fuertes y masculinos abdominales que se veían debajo de una camiseta roja descolorida por el sol.

Pudo ver incluso una línea de vello oscuro que desaparecía por la cinturilla del pantalón.

Neely se humedeció los labios. Tragó saliva. Volvió a tragar.

Se le aceleró el corazón de repente. Se obligó a tomar aire e intentó tranquilizarse.

Pero sus ojos bajaron al bulto que había debajo del pantalón. Se ruborizó y cerró los ojos.

No vio que los gatitos se le habían puesto delante y tropezó.

Los gatos maullaron.

–¡Socorro! –exclamó ella, tambaleándose y agarrándose al respaldo del sofá. Entonces abrió los ojos y vio a Sebastian, ¿quién si no?, bajar de la escalera como un bombero que fuese a apagar un incendio.

Sin dejar de mirarla, dejó la brocha en el cubo de pintura y se acercó.

–¿Qué ha pasado?

–Nada. Nada –contestó Neely.

–Si no ha sido nada, ¿por qué ha gritado? ¿Qué ha pasado?

–¡Nada! –dijo ella, todavía colorada.

Se agachó y recogió a los gatitos, los apretó contra su pecho y examinó sus cuerpos para asegurarse de que no les había hecho daño.

Sebastian la fulminó con la mirada.

–No me diga que se ha asustado al verme. Vivo aquí.

–Me he tropezado, con los gatos.

Él la miró con escepticismo, pero se encogió de hombros. ¿Por qué parecía que los tenía todavía más anchos con aquella camiseta? Era injusto.

–Debería mirar por donde anda –le dijo.

–Eso es evidente –replicó Neely, que no iba a decirle lo que había estado mirando. Enterró la cara en los animales y tomó aire de nuevo. Después, volvió a levantar la mirada–. No tiene por qué pintar.

–Es mi casa. ¿O me va a decir que es su pintura?

Neely apretó los labios.

–La verdad es que lo es, pero no importa. Lo que sí importa es... –se lanzó– que quiero comprarle la casa.

Sebastian abrió la boca para hablar, pero ella no le dejó.

–No es posible que la quiera. Hace veinticuatro horas, ni siquiera sabía que existía. Fue un impulso. Y tal vez ahora piense que la quiere, pero, en realidad, no la quiere.

Él volvió a abrir la boca, pero Neely sabía que tenía que dejarle claro lo mucho que le interesaba la casa.

–Escúcheme –insistió–. Se cansará de ella. Odiará la humedad. Se cansará de la niebla. Y no le gustará que haya pájaros rondando por la terraza. Deseará volver a su ático. ¡Estoy segura! Así que sólo quiero que sepa que, cuando ocurra, yo se la compraré por la misma cantidad que le ofrecí a Frank, o hasta diez mil dólares más. Y conseguiré la financiación.

Si era necesario, le pediría ayuda a Max.

Miró fijamente a Sebastian y esperó a que respondiese, pero él no dijo ni una palabra. Pasó medio minuto.

–¿Ha terminado ya? –le preguntó entonces.

–Sí –contestó ella.

–Entonces, dígame. ¿Por qué quiere la casa?

Neely deseó que no le hubiese preguntado aquello. Se le daba bien hacer amigos, se había visto obligada a ello, pero le costaba hablar de su vida privada. Y no quería hacerlo con un hombre que tendía a prejuzgar a los demás.

Pero no le había dicho que no fuese a vendérsela. Y estaba esperando una respuesta. Así que tenía que dársela.

–No lo sé –y lo había pensado mucho–. He vivido en muchos lugares. Aquí, en California, Montana, Minnesota, Wisconsin. Nos mudábamos constantemente, nada era permanente... Al menos, hasta que cumplí los doce años.

–¿Qué pasó cuando cumplió doce años?

–Que mi madre se casó.

Él pareció sorprenderse con la respuesta.

–Mis padres nunca se casaron –le explicó Neely–. Mi padre se pasaba el día trabajando y mi madre era un alma libre. Rompieron antes de que yo naciese. Nos quedamos un año en Seattle, pero luego mi madre decidió irse a una comuna en California. Como ya he dicho, íbamos de un lado a otro. Y entonces conoció a John y se casaron. Fue estupendo.

Él parecía todavía más sorprendido.

–De verdad –insistió Neely–. Teníamos un hogar. Me encantaba. Durante seis años, fue genial. Luego me marché a la universidad y... Ya sabe cómo es la universidad, uno nunca se siente como en casa. Cuando terminé viví primero en un apartamento, luego, en otro. Cuando llegué aquí, alquilé otro durante un mes. Cuando Frank me comentó que quería alquilar una habitación, vine a ver la casa y... lo sentí. Me sentí en casa. Ése es el motivo.

–Es todo sentimiento.

–¿Hay algo de malo en ello?

Él no contestó.

–¿Va a pintarla de rosa?

–¿Qué?

Era la acusación que le había hecho la única vez que habían trabajado juntos, que ella quería pintarlo todo de rosa. No obstante, a Neely le había dado igual, ya que había sido el cliente quien había pedido ese color.

Lo miró fijamente. Y él mantuvo la vista clavada en la suya.

Hasta que sonó su teléfono móvil.

Sebastian se metió la mano en el bolsillo del vaquero, haciendo que Neely se fijase de nuevo en su atlético cuerpo.

Frunció el ceño. ¿Por qué le había preguntado si iba a pintar la casa de rosa? Sebastian había abierto los botes de pintura, así que ya debía de haber visto que ninguno era rosa.

–Tengo que responder al teléfono –se disculpó.

–Adelante –contestó, pero él ya se había vuelto hacia la puerta.

Le sorprendió su tono de voz, mucho más dulce de lo habitual. Hasta parecía estar sonriendo.

–Eh, ¿qué ocurre?

Debía de ser su novia.

Sin saber por qué, aquello la sorprendió. Aunque era lo suficientemente guapo. Y tal vez tuviese un lado que no mostraba en el trabajo. Quizás era encantador cuando salía de allí. Aunque, según Max, Sebastian trabajaba tantas horas al día como él.

No oyó qué más decía, porque salió a la terraza.

Neely tampoco quiso escucharlo a escondidas. No tenía ningún interés en oírle murmurar tonterías a su novia. No podía ni imaginárselo.

Aunque no pudo evitar hacerlo. Debía de ser una mujer alta, rubia y delgada. Inexpresiva. De las que tenían todo el día una sonrisa tonta en los labios.

¿Serían capaces, entre los dos, de generar el suficiente calor como para romper el hielo?

Entonces, Sebastian habló en voz alta.

–No llores, por favor –dijo exasperado–. Odio oírte llorar.

¿Había hecho llorar a su novia?

Lo vio hacer una mueca, suspirar, colgar el teléfono y dejarlo en la hamaca que había en la terraza.

–Eso no ha estado bien –comentó Neely en voz alta.

–¿El qué? –preguntó él, volviéndose a mirarla.

–Hacerla llorar y luego colgarle.

–Volverá a llamar –dijo Sebastian, entrando en el salón sin recoger el teléfono.

Neely frunció el ceño. ¿Así que salía con una mujer sumisa a la que podía tratar todo lo mal que quisiera?

–¿Cómo lo sabe? Yo no lo haría.

–Bueno, pero usted no es mi hermana.

¿Tenía una hermana? Neely no se imaginaba a Sebastian Savas con una familia. Siempre había pensado que debían de habérselo encontrado debajo de un témpano de hielo, en alguna parte.

–Pues yo no volvería a llamarlo si fuese su hermana.

–Ya, pero supongo que tampoco esperaría que le pagase la boda.

Aquello la sorprendió. No sólo tenía una hermana, sino que, además, la ayudaba económicamente.

El teléfono volvió a sonar.

–¿Ve? –le dijo Sebastian.

–Tal vez no sea ella.

–¿Quiere apostar algo?

–No. Bueno, ¿no va a responder?

Él suspiró.

–Supongo que debo hacerlo. De todos modos, seguirá llamando hasta que conteste.

Salió fuera de nuevo y contestó al teléfono. Neely se quedó dentro y fingió que no le interesaba la conversación.

Pero era difícil no interesarse por un hombre al que le sentaban tan bien los pantalones vaqueros.

Y no era sólo eso. Había algo en el nuevo Sebastian que le intrigaba. Tal vez fuese el hecho de saber que tenía una familia. Tal vez fuese el verlo interactuar con su hermana. La conversación no estaba siendo breve. Y él no se estaba comportando de manera exigente y desdeñosa, como en el trabajo.

Le había dicho a su hermana que odiaba oírla llorar.

Al Sebastian del trabajo no le habría importado que todo un equipo se deshiciese en lágrimas.

Era interesante, sí. Aunque, en realidad, ella no estaba interesada. Sólo tenía... curiosidad.

No obstante, seguía molesta con él. Había

comprado la casa. Y había pensado que ella la querría pintar de rosa. ¡Y creía que se acostaba con Max!

Lo escrutó con la mirada. Vio que terminaba la llamada y volvía a tirar el teléfono. Luego se quedó un momento inmóvil, mirándola, aunque a Neely le dio la sensación de que no la estaba viendo.

Lo que no sabía era lo que estaba viendo.

En ese momento, sonó el teléfono de ella.

–Eh, ¿qué estás haciendo? –le preguntó Max.

Neely sonrió.

–Estoy intentando convencer a Sebastian Savas de que me venda la casa flotante de Frank.

–¿Qué? –preguntó Max sorprendido.

–Es una larga historia –contestó ella. Sebastian entró en el salón–. Luego te la contaré.

–Durante la cena.

En otras circunstancias, ella le habría dicho que no podía quedar a cenar. Ya habían estado navegando juntos el día anterior, e iban a volver a hacerlo al día siguiente. Le alegraba que Max estuviese empezando a vivir, pero toda su vida no podía girar alrededor de ella.

–He oído que hay un restaurante japonés estupendo –la tentó él.

Sebastian la miró con el ceño fruncido.

–Está bien, Max.

Sebastian apretó la mandíbula.

–Nos veremos a las siete –dijo Neely antes de colgar–. Max y yo vamos a salir a cenar –le contó a Sebastian, por si no se había enterado.

–Me alegro.

–Sí. Nos estamos divirtiendo mucho. Estamos conociéndonos.

–Seguro que sí.

–Creo que vamos a ir a un restaurante japonés nuevo. Yo tengo que trabajar un poco, pero no he podido resistirme. Me ha hecho una oferta que no he podido rechazar –añadió. Tal vez se estaba pasando un poco.

–Sí –dijo él en tono frío. No era una pregunta.

–Humm –Neely le sonrió de oreja a oreja–. Creo que llevaré a Harm a dar un paseo, luego me prepararé para salir –tomó la correa de Harm y fue hacia la puerta–. Hasta luego.

–¿Robson?

–¿Sí?

–¿Quiere comprar la casa?

–Sí, por supuesto –contestó ella, se le había acelerado el pulso–. Ya sabe que sí.

Sebastian hizo una mueca.

–Pues hágame una oferta que no pueda rechazar.

Capítulo 4

HACERLE una oferta?

¿Como cuál?

¿Quería que le ofreciese lo que suponía que le estaba ofreciendo a Max?

Le entraron ganas de estrangularlo. O de darle un puñetazo. O de hacer lo que fuese necesario para quitar aquella expresión de suficiencia de su guapo rostro.

Pero lo que hizo fue salir a cenar con Max y ponerle la cabeza como un bombo acerca del nuevo dueño de la casa flotante.

–¿Te interesa? –le preguntó Max–. ¿Seb?

–No me interesa Sebastian Savas. No en el sentido que tú piensas. Me pone de mal humor.

–¿Por qué? ¿Sigues picada porque pensó que querías pintarlo todo de rosa? –preguntó Max sonriendo mientras le daba un trago a su cerveza japonesa.

–No lo pensó. Lo piensa. ¡Cree que quiero pintar la casa flotante de rosa!

–Seguro que no. Yo creo que te lo está haciendo pasar mal porque tal vez le remuerda la conciencia.

–No lo creo. ¡Y piensa que me acuesto contigo!

Max rió tan alto que la mitad del restaurante se volvió a mirarlo.

–¡No es gracioso! –Neely estaba furiosa.

–Podías haberle dicho que no es verdad.

–Ya lo he hecho –murmuró ella.

Max no dijo nada, sólo sonrió y dio otro trago.

Neely lo estudió con la mirada. Lo vio sonreír.

–Tiene una mente calenturienta –le dijo después de un momento.

–Es probable –admitió él–. Es un hombre. Y piensa que corro el peligro de sucumbir a tus encantos.

–¿Lo sabías?

–No le parece bien que te haya pedido que diseñes la zona de viviendas de Carmody-Blake.

–¿Cómo sc atreve?

–Sabe lo que puede llegar a conseguir una mujer bonita.

–No le parezco una mujer bonita. Piensa que soy rara. Y no le gusta lo que hago.

–Tal vez te desea.

Neely miró a Max horrorizada, pero recordó lo que había sentido esa tarde al entrar en el salón y verlo subido a la escalera.

–No seas ridículo.

No quería pensar en Sebastian de ese modo. Ni pensar que él podía pensar en ella así.

Aunque seguro que no lo hacía. Todo eran imaginaciones de Max.

Pero lo que había sentido al verlo en vaqueros, no.

Volvió a sentirlo otra vez esa noche. Después de cenar estuvo en casa de Max, hablando del proyecto Blake-Carmody. Era el trabajo que tenía que hacer en casa, pero era mejor hacerlo con Max. Eran casi las once cuando volvió a casa. Le dio a Harm un paseo rápido y estaba subiendo a su habitación cuando se encontró con Sebastian, que estaba saliendo del baño. Tenía el pelo mojado y no llevaba camiseta, aunque, gracias a Dios, sí se había puesto los vaqueros.

No obstante, Neely se estremeció. Pensó que cada vez que lo veía, llevaba menos ropa puesta. Y se ruborizó.

Él arqueó una ceja al verla.

–¿Se ha divertido? –le preguntó en tono sarcástico.

–Sí.

–Pero no ha pasado la noche con él.

–Tengo que trabajar –contestó ella, sonriendo.

–Me alegra saber que tiene algunos principios.

–Por supuesto que los tengo.

Sebastian se apartó para dejarla entrar en su habitación. El pasillo era estrecho y estaban tan cerca que Neely sintió el calor que emanaba de su cuerpo al pasar por su lado. La sensación fue casi magnética, lo atraía hacia él. Retrocedió.

Él se detuvo, con una mano en el marco de la puerta de su habitación, la abrió.

–Me marcharé a Reno en cuanto haya cerrado la compra de la casa con Frank –le dijo.

–¿Me lo está restregando por las narices?

–Sólo se lo estoy diciendo. No volveré hasta el viernes.

–Bien.

–Estaba seguro de que pensaría eso –hizo una pausa–. Si necesita algo...

–Se lo pediré a Max.

–Por supuesto que sí. Que tenga dulces sueños, Robson.

Era increíble el menosprecio que cabía en tan pocas palabras.

Neely se pasó la lengua por los labios.

–Lo mismo digo, Savas.

Él entró en su habitación y cerró la puerta.

Y entonces Neely volvió a respirar. Aunque le seguían temblando las rodillas. Por primera vez, se preguntó si no debía pasarse la semana buscando otro alojamiento.

¿Qué más le daba a él que se estuviese acostando con Max Grosvenor?

Mientras preparaba la maleta para irse a Reno al día siguiente, Seb se dijo a sí mismo que no le importaba lo que hiciesen. Siempre y cuando no interfiriese en el trabajo.

Y se alegraba de irse de viaje. Así no tendría que ser testigo de ello.

Era cierto que siempre lo molestaba verla entrar en el despacho de Max, y verlos marcharse juntos algunas tardes. Y sí, le había fastidiado que Max llegase tarde el viernes porque había estado navegando con una mujer a la que le doblaba la edad.

Pero el fin de semana había sido todavía peor. Al menos, cuando estuviese en Reno, no tendría que oír a Neely hablando con Max por teléfono. Y no tendría que verla corriendo por el muelle cuando él iba a recogerla.

No los había espiado...

Había dado la casualidad de que estaba colocando unos libros en la estantería de su habitación cuando había oído que se cerraba la puerta de la casa. Había mirado por la venta y la había visto corriendo por el muelle, saludando a Max alegremente. Y, al encontrarse, se habían dado un abrazo.

No era posible que sólo fuesen amigos.

Aunque tampoco habían dicho que lo fueran. No hacía falta que dijesen nada.

Así que él estaría mejor en Reno, donde podría centrarse en lo que era importante: su trabajo.

Además, así Vangie tampoco lo llamaría llorando porque su padre no la había llamado.

Por si tener que vivir con Neely Robson y verla besar a Max no era suficiente, encima tenía que soportar a sus hermanas, que lo estaban volviendo loco.

Antes de llevárselas a cenar, se había pasado por el ático para echar un vistazo.

El caos reinaba por todas partes, pero ya se lo había imaginado. La noche no había ido mal. La comida era buena, sus hermanas habían sabido comportarse, y él se habría divertido si hubiese podido evitar preguntarse si, mientras él comía salmón, Neely y Max estaban devorándose el uno al otro.

Le pareció probable, sobre todo al llegar a casa a las diez y no verla.

Aunque podía haberse ido ya a la cama. Después de mucho pensarlo, decidió que, como dueño de la casa, tenía derecho a mirar en la habitación de su inquilina. Así que abrió la puerta con cuidado.

La cama estaba vacía. Y los gatitos se escaparon.

Por suerte, consiguió atraparlos a todos y volvió a encerrarlos, pero eran más de las once y acababa de salir del baño cuando la vio subir las escaleras.

Estaba despeinada, con la ropa arrugada, y preciosa.

Y, al parecer, el agua de la ducha no había estado lo suficientemente fría.

–Savas al habla.

Ah, sí. La voz de la autoridad. Cortante. Precisa. Profesional. Y con un toque tan masculino que Neely sintió un escalofrío.

–Su barco se está hundiendo.

–¡Qué!

Neely sonrió. Tal vez no fuese la mejor manera de contarle que había un agujero en la parte baja de su nueva propiedad.

–Ya me ha oído. Esta mañana estaba el suelo lleno de agua.

–¿Robson? –rugió él.

Neely pensó que debía haberse identificado lo primero.

–¿Quién iba a ser si no?

–Una de mis hermanas –murmuró él–. ¿Qué ha pasado?

–Hay agua por todas partes. Al parecer, hay una filtración abajo, en algún sitio. En una ocasión, Frank llamó a alguien para que viniese a sacar el agua, luego el tipo bajó al sótano y arregló algo.

Lo siento, pero no puedo ser más técnica. Sí puedo averiguar quién vino, si quiere –se ofreció–. O si se le ocurre otra cosa...

Él dudó un momento.

–Consiga el nombre del tipo. Y, si puede, llámelo para que vaya. Yo no puedo volver hasta el viernes.

Era miércoles por la noche. Se había marchado el lunes, y Neely estaba disfrutando mucho de su ausencia.

Y habría disfrutado todavía más si Max no le preguntase todos los días, en tono de broma, si lo echaba de menos.

–Bien. Intentaré hablar con Frank. Siento haberle molestado.

–No me ha molestado. Es mi responsabilidad. Mi c...

–Su casa. Sí. Ya lo sé. Está bien. Adiós.

Iba a colgar cuando él volvió a hablar.

–¿Robson?

–¿Sí?

–¿Qué tal está Harm? ¿Ha vuelto a tirar a alguien al agua?

–¿Qué? –la pregunta la sorprendió–. No, pero es que no ha venido nadie.

–Bien. Pensé que tal vez... Da igual. ¿Qué tal tiempo hace?

–Está lloviendo. Como siempre.

Él rió y Neely se estremeció.

–Aquí no, hace calor.

–Supongo que está contento con el cambio.

–Sí, pero ya tengo ganas de volver.

–¿Para que Harm vuelva a tirarlo al agua?

–No exactamente –contestó él.

Neely se lo imaginó sonriendo. No podía creer que aquella conversación estuviese teniendo lugar. Cuando había pensado en llamarlo, había imaginado que sería brusco con ella.

Y a pesar de que era difícil imaginárselo al otro lado del teléfono, no pudo evitar hacerlo. Era por la noche y no se oía ningún ruido de fondo, así que debía de estar en la habitación del hotel, tal vez tumbado en la cama.

Se lo imaginó con el pelo mojado, descalzo, y tuvo que tragar saliva.

–No me gusta estar de viaje –dijo él.

¿Qué se suponía que debía contestar ella? «Lo siento. Adiós». Su madre la había educado para que supiese comportarse con educación.

–A mí tampoco. Supongo que se debe a que cuando era niña estábamos siempre de un lado a otro.

–¿Cómo era? –preguntó él, parecía interesado en saberlo.

Y ella no pudo resistirse.

–Bueno, venían a darme las clases a casa, o asistía a la escuela de la comuna –se corrigió–. Mi madre era una hippy de pies a cabeza.

–¿De verdad?

–A mí no me parece gracioso.

–¿Estabais sólo las dos?

–Hasta que cumplí doce años y conoció a mi padrastro. Era policía. La había detenido por vender joyas en la calle. Es gracioso, eran tan distintos. Y encajaban tan bien juntos al mismo tiempo... Fue un matrimonio estupendo. Y fue horrible cuando él murió, pero yo sé que los matrimonios pueden funcionar gracias al suyo. Algún día me gustaría disfrutar de un matrimonio así.

–Sí –dijo él, de repente, en tono seco–. Buena suerte.

–¿No cree en los matrimonios duraderos? –le preguntó.

–Tal vez no sean imposibles, pero me parecen poco probables.

–Mi madre pensaba lo mismo, pero encontró al hombre adecuado. Usted tampoco pensará lo mismo cuando encuentre a la mujer adecuada.

–No existe esa mujer.

–Bueno, tal vez no, pero...

–Es imposible.

–Ah. ¿Y... el hombre adecuado?

Sebastian rió.

–No, Robson, no soy homosexual, pero no voy a casarme.

Volvía a hablar la voz de la autoridad. Firme. Sentencioso. Aquél era el Sebastian Savas que ella conocía.

–Si sigue actuando así, no tendrá ningún problema –dijo Neely tan tranquila–. Nadie querrá casarse con usted.

–Bien.

–Bueno, en ese caso, no esperaré que me invite a su boda. Ahora, debo ir a llamar a Frank. Y Harm quiere salir, ¿verdad, Harm? –acarició al perro–. Adiós.

Y colgó el teléfono antes de que a Sebastian le diese tiempo a volver a hablar.

De todos modos, no quedaba nada que decir.

No obstante, Neely no pudo dejar de pensar en la conversación que habían mantenido.

Aun así, cuando su teléfono sonó a la noche siguiente y vio que era Sebastian, se sorprendió.

–¿Qué? –contestó.

–Buenas noches a ti también, Robson –dijo él en tono divertido.

–Buenas noches –contestó ella, negándose a sucumbir a sus encantos–. ¿A qué se debe el honor de esta llamada?

–¡No puedo creer que me haya hablado así! ¿Está vestida de rosa?

–¡No es asunto suyo lo que llevo puesto! ¿Qué quiere? –murmuró.

–Que me ponga al día –dijo él en tono profesional–. ¿Han ido a arreglar la fuga?

–Sí. Han tardado casi toda la tarde. Le enviarán la factura. Supongo que será gorda.

–Sin duda.

Neely le explicó lo mejor que pudo lo que habían hecho, ya que no había podido quedarse vigilando todo el tiempo.

–Tenía trabajo que hacer. Así que dejé al tipo y luego volví.

–Está bien, gracias.

–De nada.

Neely imaginó que la conversación se había terminado ahí, pero él no se despidió. No dijo nada, pero tampoco colgó.

Esa noche tampoco se oía ruido al otro lado del teléfono. Y Neely se lo imaginó de nuevo en la habitación del hotel, tumbado en la cama. Vio un barco atravesando al lago e intentó centrarse en él y olvidarse de Sebastian.

–¿Sabe dónde puedo comprar cajitas rosas? –le preguntó él de repente.

–¿Qué?

–No son para mí. Sino para la boda de mi hermana. No para de hablar de esas cajas, que quiere llenar de caramelos o algo así. No deja de hablarme del tema. Le he dicho que las busque por Internet, pero ella quiere verlas en persona.

A Neely le entraron ganas de reír, Sebastian parecía encantado y frustrado al mismo tiempo.

–Dios mío.

–¿Sabe dónde encontrarlas o no?

–¿Por qué iba a saberlo yo?

–Porque son rosas.

–Pues no, no sé dónde las venderán. En alguna tienda de detalles de boda, supongo. ¿Cuántas necesita?

–Doscientas cincuenta.

–Vaya. ¿Cuándo es la boda?

–Dentro de tres semanas.

–¿Y ha empezado a buscarlas ahora?

–No. Ahora es cuando ha decidido lo que quiere. O lo que cree que quiere. ¿Qué más da? ¿Cuánto tiempo necesitaría para conseguirlas?

–Supongo que no mucho, pero pensé que querría tenerlo todo preparado con antelación.

–Y lo quiere, pero no para de cambiar de idea.

Primero iban a ser cajitas plateadas. Luego, rosas. Después, plateadas y rosas. Ahora, rosas otra vez, que es más sencillo. Dios sabe cuántas veces más va a cambiar de idea. Y desde que han llegado las otras, es cuatro veces peor.

–¿Qué otras?

–Mis hermanas. No todas, pero suficientes.

–¿Todas? ¿Cuántas hermanas tiene?

–Seis.

–¿Seis?

–Y tres hermanos.

–Dios santo.

–Por el momento.

–¡Qué!

–Mi padre tiene la costumbre de casarse y tener hijos –le explicó Sebastian–. A eso se dedica.

–Ya veo.

¿Por eso se mostraba él tan reacio frente al matrimonio? Era comprensible. Aunque no se atrevió a preguntárselo.

No obstante, aquello, junto con nueve hermanos podría explicar la actitud distante de Sebastian. Tal vez fuese normal establecer fronteras cuando se formaba parte de un grupo de diez. Aunque, a ella, que era hija única, la idea de tener hermanos le parecía estupenda.

–Tiene mucha suerte –le dijo.

–¿Suerte? Yo no lo creo.

–Yo habría dado cualquier cosa por tener uno o dos hermanos.

–A mí tampoco me habría importado tener uno o dos. Lo que cansa es tener nueve.

–Supongo que sí –aunque no estaba segura. A ella le parecía mucho más divertido que vivir de comuna en comuna, como había hecho con su madre.

–Por eso compré la casa flotante –le explicó él–. Porque venían a casa.

¿Ése era el motivo? Neely se incorporó en el sofá.

–¿Todos?

–Cuatro, que ya son demasiadas.

–¿Hasta la boda?

–Eso espero. Quiero decir, por supuesto. Después de la boda tendrán que irse.

–Y cuando se marchen, ¿me venderá la casa?

Él rió.

–Es muy persistente.

–Lo soy cuando quiero algo. ¿Me la venderá?

–Como ya le he dicho, Robson, hágame una oferta que no pueda rechazar.

–¿Y qué podría ofrecerle?

–Es lista. O eso dice siempre Max. Seguro que se le ocurre algo.

Seb sonrió al ver la casa flotante al final del muelle.

Siempre le alegraba volver a casa. Tal y como le había dicho a Neely el miércoles, no le gustaba estar de viaje. No le importaba trabajar mucho, pero al final del día le gustaba tener su espacio. Soledad. Paz y tranquilidad. Siempre se sentía mejor cuando cruzaba el umbral de su casa.

Pero nunca había tenido tantas ganas de llegar. Nunca se le había acelerado el corazón como en esos momentos.

Normalmente, habría parado a comprar algo de comida preparada para cenar, pero esa noche no lo había hecho. Iba a ver si Robson tenía hambre. Tal vez podrían tomar algo juntos.

No era una cita.

Era sólo un gesto de buena educación. Vivían juntos, así que podían compartir una comida.

Además, se lo debía. Ella lo había llamado para avisarle de la avería. Y se había ocupado de que la reparasen.

Así que podía invitarla a cenar. Era lo mínimo que podía hacer. Así de simple.

Pero cuando abrió la puerta se dio cuenta de que no estaba.

–¿Robson?

Sólo respondió el perro. También estaban los gatos, que atacaron su maletín. Uno intentó treparle por la pernera del pantalón

–¡Hola! –exclamó él, tomándolo en brazos–. ¿Robson? ¿Está en casa?

La cobaya hizo un ruido. Y el conejo ni levantó la mirada de su cena.

Pero Neely no estaba.

Se sintió extrañamente decepcionado. No tenía derecho a esperar que estuviese allí. No habían quedado en cenar juntos. Si hubiesen quedado, habría sido como una cita.

Y no se trataba de una cita, eso era seguro. Ni de una cita, ni de nada, porque ella no estaba.

No obstante, sólo eran las siete. Tal vez se hubiese quedado a trabajar hasta tarde. Él lo hacía muchas veces. Así que se dio una ducha, se cambió de ropa y volvió a bajar, todavía más hambriento.

Neely seguía sin aparecer.

No obstante, había una luz en el teléfono fijo que estaba parpadeando. Le dio al botón para escuchar el mensaje.

–Neel –era la voz de Max–. No he conseguido localizarte en el móvil. Te he dejado un mensaje, pero he querido llamarte también a casa. Llego tarde. Ve entrando.

¿Ve entrando? ¿Adónde? Sebastian no pudo evitar hacerse la pregunta aunque, en el fondo, conocía la respuesta. En ese momento, sonó su teléfono móvil. Contestó sin mirar de quién se trataba.

–Savas.

–Ah, bien. ¡Estás ahí! –exclamó Vangie–. ¿Estás en casa? ¿En Seattle, quiero decir?

Él se dejó caer en el sofá. Un gato saltó sobre su regazo.

–Sí, acabo de llegar.

–¡Genial! Pensamos que te apetecería venir a cenar con nosotras –Vangie parecía feliz, rió.

Seb oyó más risas detrás de ella.

–¿Quieres ver los progresos que hemos hecho con los preparativos? –añadió su hermana.

No, no quería. Lo último que quería esa noche era tener que aguantar a cinco de sus hermanas.

Pero contestó:

–Allí estaré.

Porque tampoco quería quedarse en casa pensando en que Neely Robson tenía las llaves de casa de Max.

Neely estaba canturreando cuando entró en casa a las once del día siguiente.

Hacía un día estupendo: soleado y con poco viento. Aunque no suficiente para ir a navegar. Eso le había dicho a Max antes de marcharse de su casa. Le venía bien, porque tenía otras cosas que hacer.

–Hola –dijo mientras dejaba su enorme bolso y se arrodillaba para abrazar a Harm, que se había abalanzado sobre ella.

–¿Me has echado de menos?

–La verdad es que no –contestó una voz masculina–, porque lo he sacado a pasear yo, anoche y esta mañana.

Neely levantó la vista y se encontró con Sebastian, que estaba en la entrada del salón. Estaba a contraluz y no le veía bien la cara, pero algo le decía que estaba frunciendo el ceño. Le dio otro achuchón a Harm y se incorporó.

Después de sus dos conversaciones telefónicas durante la semana, había tenido la esperanza de llevarse bien con él, pero era evidente que se había equivocado.

–No lo he dejado abandonado. Le dije a Cody que viniese anoche y esta mañana.

–¿Porque sabía que no iba a dormir en casa? –preguntó Sebastian.

–Sí.

Él no dijo nada, pero apretó la mandíbula.

–¿Ha habido algún problema? He hablado con él esta mañana y me ha dicho que iba a venir. ¿No ha venido?

Sebastian abrió la boca y volvió a cerrarla. Se encogió de hombros y se metió las manos en los bolsillos.

–Yo no lo he visto –dijo, dándose la vuelta y entrando en el salón.

Neely tomó el bolso y lo dejó en las escaleras para subirlo más tarde a su habitación, luego, lo siguió.

–¿Estaba aquí?

–No he pasado la noche en ningún otro sitio, si es eso lo que quiere saber.

–¿No como yo?

–Eso es. ¿Ha merecido la pena?

–Sí –contestó ella sonriendo–. Ha sido genial. Cenamos y luego subimos arriba y...

–Ahórrese los detalles –la interrumpió Sebastian–. ¿Cuántos años tiene?

–Veintiséis, pero no es asunto suyo.

–¡Él tiene cincuenta y dos! –exclamó, parecía furioso.

Neely tardó un segundo en reaccionar, entrecerró los ojos.

–Supongo que se refiere a Max.

–Por supuesto que me refiero a Max. Aunque está muy bien para su edad, supongo que se le podría considerar un semental...

–¿Un semental? –Neely no daba crédito, se echó a reír. Y eso pareció enfadarlo todavía más.

–¡Ya sabe lo que quiero decir! Por Dios santo, usted tiene talento, ha ganado premios. No hace falta que se acueste con el jefe para ascender.

Ella dudó sólo un momento.

–¿No? Pues tengo entendido que es un método muy utilizado en algunas empresas.

Sebastian se quedó boquiabierto.

–Y, como usted mismo ha dicho, Max está muy bien para su edad –continuó, riendo de nuevo.

–Le atraigo más yo que Max –dijo él en tono cansino, aunque también era como si la estuviese retando a que lo contradijese.

Neely abrió la boca y volvió a cerrarla. Arqueó las cejas de manera provocadora.

–¿Eso piensa?

–Sabe que es verdad –insistió Sebastian–. Ha habido una chispa entre ambos desde el primer día.

En esa ocasión, ella abrió la boca y no volvió a cerrarla, intentó procesar sus palabras. Se encogió de hombros.

–En sus sueños, Savas.

Pero Sebastian no esperó.

–¿Quiere una prueba?

Se acercó a ella en dos zancadas y puso su boca muy cerca de la de ella, que sintió el calor de su respiración.

Neely tragó saliva. Parpadeó. Esperó.

Y Sebastian la besó.

No era la primera vez que la besaban, pero nunca la habían besado así, de manera ardiente, persuasiva, con ansia, como si estuviese buscando algo, una respuesta.

Y su boca sabía cuál era esa respuesta, a pesar de que también se hacía preguntas.

No era sólo una chispa, pero Neely tenía que admitir que también lo había sentido.

Aquello era mucho más que una chispa. Era fuego que ardía con rapidez. Cuanto más profundo era el beso, más la consumía aquel fuego, estaba hambrienta, desesperada, a punto de perder el control.

Sebastian la rodeó con los brazos, la apretó contra él hasta que sus cuerpos se tocaron. Neely nunca se había sentido así, nunca había deseado que un beso no se acabase. Nunca había besado sin que le importase de dónde iba a sacar el siguiente aliento, porque estaba compartiendo el de él.

Levantó los brazos y le acarició la espalda, los hombros, la nuca. Metió los dedos entre su pelo corto y luego se aferró a sus hombros mientras el deseo seguía creciendo en su interior.

Y entonces, de repente, Sebastian se apartó y la miró a los ojos, respirando con dificultad.

–¿Te besa Max así?

Sorprendida, temblando y completamente furiosa, tanto consigo misma como con él, Neely intentó buscar las palabras para responder a aquello.

–¡Nadie me besa así!

Sebastian sonrió, satisfecho con la respuesta.

–¿Así que tu querido Max no es perfecto, al fin y al cabo? No me sorprende. Eso te pasa por intentar liarte con un hombre que podría ser tu padre.

–No he intentado liarme con él –replicó ella, con el corazón todavía acelerado–. Hemos estado trabajando.

–¿Toda la noche?

–No, hasta las dos. Y luego me fui a la cama. Sola. En la habitación de invitados.

–Sí, claro. Así que sólo sois amigos, ¿no? –se burló él.

Y Neely negó con la cabeza, muy despacio.

–No somos sólo amigos –le dijo, mirándolo a los ojos–. Max es mi padre.

Capítulo 5

TU PADRE? –Seb la miró con incredulidad–. No es posible.

–Sí lo es. Es mi padre –insistió ella, levantando la barbilla como retándole a que la contradijese.

Seb se sintió tentado, tomó aire y observó aquella barbilla, cuya forma le era familiar. ¿Era aquélla la versión femenina de la barbilla de Max? No podía creerlo.

Robson lo estaba fulminando con la mirada. Y él se dio cuenta de que el azul de sus ojos era el mismo que el de los ojos del hombre con el que la había acusado de acostarse.

Era la hija del jefe. Y él la había besado hasta dejarla sin sentido.

Y lo que era peor, él también se había quedado sin sentido... de deseo.

Y en esos momentos, tenía ganas de matarla.

Por norma general, era capaz de controlar sus emociones y sabía ser frío cuando era necesario, pero, en esos momentos, se estaba traicionando a sí mismo.

–¿A qué demonios estás jugando? –le preguntó.

–¿Yo? –dijo ella, arqueando las cejas, como si no tuviese nada que reprocharse.

–No importa. ¡Sé muy bien lo que estás haciendo! Me has estado provocando, querías dejarme en ridículo.

–Eso lo has hecho tú solo –le informó ella–. Yo no te he provocado.

–¡Claro que sí! Has dicho que Max era muy atractivo... para su edad –repitió en tono burlón–. ¿No es eso una provocación?

–Yo sólo he repetido tus palabras. Has sido tú el primero en llamarlo semental. Tú me has acusado de tener un lío con él. ¡Llevas acusándome casi desde el día que me conociste!

–¡Y tú has estado actuando como si fuese un amante al que habías perdido hacía mucho tiempo!

–O tal vez, como si fuese un padre al que había perdido hacía mucho tiempo.

–Me podías haber dicho que era tu padre desde el principio.

–Podía haberlo hecho, pero ¿por qué iba hacerlo?

–¡Porque es la verdad! –gritó él.

Al oírlo explotar de ira, Harm volvió la cabeza y aulló.

–Mira lo que has hecho –dijo Neely abrazando al perro, tranquilizándolo.

Seb frunció el ceño.

–Deja de esconderte detrás de él.

Neely levantó la cabeza al oír aquella acusación y lo fulminó con la mirada, pero al ver que Seb seguía observándola de manera implacable, se levantó y se puso muy recta.

–No me escondo detrás de nada, ni de mi perro, ni de mi padre. Y te he dicho la verdad, hace un minuto.

–Muchas gracias –contestó él en tono sarcástico–. Muy amable por tu parte. ¿Tienes alguna otra confesión que hacer, Robson? ¿No será tu madre la reina de Inglaterra?

–¿Ahora quién está provocando a quién? Mi madre es quien te he dicho que es.

–¿Una hippy que, por casualidad, tuvo una aventura con uno de los hombres más trabajadores y rectos del hemisferio oeste?

–Tuvo una relación con Max. Estuvieron viviendo juntos.

Aquello pareció sorprender a Seb.

–Eran jóvenes –añadió ella–. Y estaban enamorados.

–Seguro que sí.

–¿Ves?

Robson fingió hacer un puchero, lo señaló con sus labios húmedos y tentadores.

–Ya estás precipitándote otra vez, sacando conclusiones equivocadas –añadió–. Por eso no te había dicho antes que era la hija de Max. Si lo hubiese hecho, tú habrías pensado de manera automática que por eso me había contratado.

–¿Y no es así?

–No, ni siquiera me contrató él. Fue Gloria Westerman, de personal, quien lo hizo.

–¿No viste a Max en ningún momento?

–No.

–Pero sabías que era tu padre.

–Sí, lo sabía, pero él no tenía ni idea de quién era yo. Hacía años que no lo veía. Se fue a California cuando yo tenía cuatro años.

–¿Y no habías vuelto a verlo nunca?

–No hasta el mes de noviembre, cuando vine a trabajar. Y no quise que supiera quién era yo. Utilizo el apellido de mi padrastro. Quería conseguir el trabajo por mí misma antes de decirle a Max quién era.

Seb se frotó la nuca. Seguía irritado porque ella lo había tenido engañado, pero entendía por qué no había querido que nadie supiese quién era. Él habría hecho lo mismo en su lugar.

–¿No irás a decirme que todavía no sabe quién eres?

–No, por supuesto que no. Cuando gané el premio Balthus y Max me invitó a trabajar en el proyecto Wortman con él, supe que tenía que decírselo.

Seb gruñó, murmuró algo entre dientes. Sí, todo aquello tenía sentido, pero él seguía molesto.

–Podías habérmelo dicho.

–¡Y tú podías haberme dicho a mí que ibas a comprar esta casa!

–¡No es lo mismo!

–¿No? Pues para mí, sí. De repente, la que iba a ser mi casa, te pertenece a ti.

Neely se ruborizó y Seb pensó que se había puesto todavía más guapa. Deseó dejar de discutir y besarla. Dio un paso al frente.

–¡Mantente alejado de mí! –exclamó ella.

Él se quedó quieto.

–¿Que me mantenga alejado?

–Sí.

–¿No irás a decirme ahora que te he obligado a hacer algo que no querías?

–Yo no he dicho eso, pero... no quiero que vuelvas a hacerlo.

–¿Por qué no? Te ha gustado. Me has devuelto el beso.

–Es verdad.

–¿Por qué quieres parar? ¿No te gusta besar? A mí me ha parecido que sí –comentó sonriendo.

–Me gusta besar.

–¿Pero...?

–¡No hay ningún motivo para hacerlo!

A él se le ocurría uno, la pasión que había entre ambos.

–Seguro que se nos habría ocurrido uno –dijo él, sonriendo de nuevo.

Ella estaba seria.

–Bueno –admitió–, podríamos arrancarnos la ropa el uno al otro y hacer el amor apasionadamente, pero no vamos a hacerlo.

–¿No te gusta el sexo?

–Sí.

–Si te gusta besar. Y el sexo, entonces.... ¿Qué te pasa, Robson? ¿Eres frígida? De eso no vas a convencerme.

–No pretendo convencerte de nada. Sólo te estoy diciendo que no va a volver a ocurrir.

Se miraron a los ojos. Seb deseó dejar de discutir y llevársela a la cama.

–Me deseabas.

–Eso ya lo he admitido, pero no suelo tener aventuras de una noche, Savas.

–Nadie ha hablado de una aventura de una noche.

–No tengo aventuras, punto.

–¿Eres virgen?

Ella se ruborizó todavía más.

–No, no soy virgen, pero he aprendido la lección. Y quiero que el sexo sea algo importante, quiero que signifique algo, que sea una expresión de amor, de compromiso, quiero casarme.

–¿Conmigo?

–¡No! Dios santo. ¡Con el hombre del que me enamore!

Seb abrió la boca para decir algo, pero volvió a cerrarla.

Neely sonrió.

–Exactamente.

Podía haber sido peor.

Neely no paraba de repetírselo mientras se daba una ducha caliente. En esos momentos, ya no le parecía que hiciese una mañana estupenda.

Lo que la enfadaba no era haberle contado a Seb que Max era su padre, sino no haber rechazado su beso. De hecho, si Sebastian no hubiese parado, ella habría seguido.

Se sentía tan avergonzada, que no quería ni pensarlo y, no obstante, tenía que pensarlo.

Uno no superaba las cosas a las que no se enfrentaba. Eso lo había aprendido viendo a su madre huir de sus demonios en vez de plantarles cara.

Después de haber estado a punto de hacer el, mejor dicho, de tener sexo, con Sebastian Savas, tenía que hacer un poco de reflexión.

Así que había recogido su bolso del suelo y había subido las escaleras.

Se había duchado, había lavado su pelo, se había frotado el cuerpo y, en especial, la cara, como si pudiese eliminar los vestigios del beso.

Lo más sensato habría sido mudarse de casa, pero, si lo hacía, él pensaría que lo hacía para alejarse de él.

«Eso es precisamente lo que quieres hacer, idiota», se dijo a sí misma.

Pero se resistía a hacerlo. No era un pelele, era una mujer fuerte e inteligente.

«Reducida a una marioneta por un simple beso», se recriminó. Aunque en el fondo tampoco era eso lo que la molestaba. Contra toda lógica, siempre había deseado sentirse así.

¡Pero no con Sebastian Savas!

Era un hombre que no quería amar, ni comprometerse, ni casarse.

Ni ella tampoco quería nada de eso con él, que Dios la librase.

Entonces, ¿por qué se sentía así? ¿Por qué había tenido que ocurrirle en ese momento? ¿Con él?

En cualquier caso, le había dicho a Sebastian que ella nunca se escondía, así que, aunque le hubiese gustado quedarse todo el día, tenía que salir de su habitación y bajar al salón. Se secó el pelo, se vistió y bajó, sin saber qué decir. Ni qué hacer.

Lo que estaba claro era que no iba a volver a besar a Sebastian.

Él estaba sentado frente al ordenador, de espaldas a ella, pero lo vio ponerse tenso cuando oyó sus pasos. Harm se acercó a ella y luego corrió hacia la puerta.

–Sí –dijo Neely, sintiéndose aliviada–. Voy a llevarte a dar un paseo –pero antes tenía que hablar con Sebastian.

Esperó con impaciencia a que él terminase lo que estaba haciendo, hasta que por fin vio que se molestaba en darse la vuelta para mirarla.

–No va a volver a ocurrir –sentenció ella.

–¿El qué?

Estupendo, él ya estaba fingiendo que no había pasado nada.

–El beso.

–¿Crees que coqueteo contigo porque eres la hija del jefe?

–Bueno, ni me lo había planteado. Además, no lo sabías, ¿no?, cuando me besaste.

–¡No, no lo sabía!, pero ahora ya lo sé y... sólo quiero dejar las cosas claras.

Ella asintió.

–Y están claras, aunque no importa. Porque no va a volver a ocurrir.

–¿Por qué?

–¡Ya te lo he dicho! Porque tiene que haber algo más.

–Y lo hay.

–¿Amor? ¿Matrimonio?

–Sexo. ¿Qué hay de malo en ello? ¿O nunca das un beso si antes no te piden en matrimonio?

–No beso a nadie si no creo que existe la posibilidad de que haya un compromiso.

–¿Nunca?

–Bueno, es evidente que acabo de hacerlo.

–¿Y esperas que vivamos juntos y no tengamos nada cuando podríamos haber hecho arder la casa sólo con la pasión de un beso?

–Sí.

Él rió, pero no parecía contento.

–¿Estás segura de que no quieres mudarte?

–Segura –mintió–. Al fin y al cabo, somos adultos.

–Yo diría que ése es el problema, no la solución.

–Podemos controlarnos –continuó ella–. Yo, al menos, puedo. ¿Y tú?

–Claro que puedo, Robson –le dijo en tono cansino.

–Entonces, no habrá ningún problema. Así que, ¿nada de besos?

–Ya te he dicho que sí.

–Sólo quería estar segura.

Lo miró allí sentado en la silla, con los vaqueros desgastados y la camiseta que tan bien le sentaba. No era justo que un hombre que tan poco le convenía hiciese que se le acelerase el corazón y que otras partes más íntimas de su cuerpo respondiesen también.

Se miraron a los ojos. Estuvieron así unos segundos.

Neely se humedeció los labios con la lengua.

Él cerró los ojos.

–Márchate ya, por favor –le pidió.

Era sencillo.

Sólo necesitaba que su mente estuviese por encima del tema. O de su libido. O algo.

No quería desear a Sebastian Savas, al fin y al cabo. Era el último hombre por el que se interesaría.

Habría sido fácil si él hubiese tenido que marcharse a Reno, pero no. Estaba allí, en casa, siempre que se levantaba por las mañanas. Salía de su habitación y lo veía salir del baño. Tenía que enfrentarse a su pecho desnudo.

Y luego lo veía bajar al salón todo acicalado, pero igual de sexy, porque a ella no le costaba ningún trabajo imaginar el cuerpo que había debajo de sus trajes.

También lo veía en el trabajo. No siempre, ya que no trabajan juntos, pero de vez en cuando lo sorprendía observándola. Se miraban a los ojos. Y, luego, ambos apartaban la mirada.

E hiciese lo que hiciese y dijese lo que dijese, no podía dejar de pensar en cómo había sido besarlo.

Y llevaba así toda la semana.

–¿Qué te pasa? –le preguntó Max–. No estás concentrada.

No, no podía dejar de pensar en Sebastian Savas.

Era la mayor tontería que había oído nunca.

¡No besarse!

Por supuesto que él podía controlar su libido, pero ¿por qué tenía que hacerlo? De todos modos, ella no iba implicarse emocionalmente.

¿O sí?

La idea lo dejó de piedra. No estaba acostumbrado a tratar con mujeres que quisiesen de él más de lo que él estaba dispuesto a darles.

¿Quería Robson más? ¿Le daba miedo enamorarse de él? ¿Era eso lo que había querido decirle?

¡Por supuesto que no! Lo odiaba porque le había dicho que diseñaba casas de muñecas. Sólo se sentía atraída por él.

Por eso se había inventado esa estúpida regla.

Bueno, pues él iba a respetarla. De todos modos, no se pasaba el día pensando en ella... Soñando con besarla...

Bueno, no lo había hecho hasta el día en que la había besado de verdad.

Y, en esos momentos, no conseguía olvidarse de ello.

Habría sido más fácil si hubiese tenido que marcharse a Reno, pero, no, tenía que quedarse en Seattle, encontrándose con ella por las mañanas, cuando todavía estaba despeinada y con los labios suaves.

Y luego bajaba al salón y la veía jugando con los gatitos, o sentada en la mecedora acariciando al conejo, o a la maldita cobaya, y le entraban ganas de quitarle al animal de las manos y abrazarla, para ser él quien la acariciase.

Por norma general, se deshacía de ella en el trabajo, aunque a veces se la encontraba en el pasillo y la veía humedecerse los labios, sorprendida, y no podía evitar fijar la vista en su boca.

Todavía había sido peor entrar en la sala de proyectos y encontrársela inclinada sobre la mesa de dibujo, con su trasero perfectamente marcado por unos pantalones vaqueros oscuros. Ese día se le había caído el café que llevaba en la mano.

Pero lo peor era verla desaparecer en el despacho de Max y saber que no estaba allí para coquetear con él, que era libre.

Entonces se recordaba que el sexo era sólo una necesidad biológica, y que cualquier otra mujer le podía valer para cubrirla.

Sólo su padre parecía sentir la obligación de casarse con ellas.

Él no. Jamás lo haría, pero, o se sacaba a Neely Robson de la cabeza, o se buscaba a otra que la reemplazase en sus pensamientos. O la hacía cambiar de idea.

Pronto.

Tal vez en fútbol, y en la guerra, la mejor defensa fuese un buen ataque, pero para combatir el efecto que Sebastian tenía en ella, lo mejor que podía hacer era salir, mantenerse ocupada y conocer a otros hombres.

–¿Estás huyendo? –le preguntó Max cuando ella le contó que iba a jugar a voleibol los lunes, a los bolos los miércoles, que el martes había estado en la biblioteca y que estaba considerando apuntar a Harm a unas clases de adiestramiento los viernes.

–¿Huyendo? –repitió Neely–. ¿De qué?

–De tu compañero de piso –contestó él, divertido.

Neely deseó no haberse pasado por su despacho antes de irse al gimnasio.

–¿Por qué dices eso?

–Cuando vivías con Frank, no tenías la necesidad de salir todas las noches. Tampoco lo hiciste la semana pasada, cuando Seb estaba en Reno.

–¿No tienes nada mejor que hacer que averiguar cuáles son mis motivaciones?

Max sonrió.

–Eres mi hija. Estoy recuperando el tiempo perdido.

–Pues si quieres practicar todavía más, mamá va a venir este fin de semana.

Max dejó de sonreír y se puso muy recto.

–Lo que hubo entre tu madre y yo es historia.

Neely se despidió de él con la mano.

Eran casi las nueve cuando llegó a casa. Sebastian estaba trabajando frente a su ordenador. No se giró a mirarla mientras ella saludaba a los gatos y a Harm.

–Espera. Dejaré mis cosas arriba y te sacaré a dar un paseo.

–Ya lo he hecho yo.

Sebastian se dio la vuelta en ese momento y la miró sin sonreír.

–Ah, gracias.

–También he dado de comer a los gatos, a los conejos y a la cobaya. No deberías tener animales si no puedes ocuparte de ellos, Robson.

–¿Perdona? ¿Quién dice que no me ocupo de ellos?

–Bueno, te pasas todo el día y toda la noche fuera...

–He venido a la hora de la comida y he sacado a Harm. También he venido antes de ir al gimnasio, le he puesto la cena y he vuelto a sacarlo. He dado de comer a los gatos, he jugado con ellos. He sacado a los conejos a la terraza. ¡Nunca descuido a mis animales! Si es eso lo quc picnsas, entonces puedes...

–Está bien, te ocupas de ellos. No lo sabía. Sólo sé que nunca estás en casa cuando llego. Y me pregunto por qué...

Se miraron a los ojos y ella se dio cuenta de que Sebastian ya sabía por qué no estaba allí.

–En cualquier caso, he sacado a Harm un rato –repitió.

–Gracias –dijo ella volviendo a colgar la correa.

–Mañana por la mañana me marcho a Reno, así que no estaré aquí para pasear a tu perro.

–Nos las arreglaremos solos –dijo ella sin mirarlo, yendo hacia la puerta.

–Ni para besarte –añadió Sebastian.

Ella se dio la vuelta y lo miró fijamente.

Era mucho mejor que Sebastian se hubiese marchado.

Así no tenía que encontrárselo en el pasillo, ni en las escaleras. No había ninguna camiseta colgada de la percha del cuarto de baño, tentándola a tomarla y buscar en ella su olor. El bote de café tampoco estaba en la encimera de la cocina porque a él se le había olvidado guardarlo. Ni había zapatillas de deporte al lado de la puerta, con las que tropezar. Ni un par de ojos verdes observándola siempre que levantaba la vista.

Era un alivio.

Entonces, ¿por qué le daba la sensación de que la casa estaba muy vacía?

No estaba vacía. Estaba Harm. Y los gatos. Y los conejos y la cobaya.

Así habría sido si ella le hubiese comprado la casa a Frank.

Así había sido cuando Seb se había marchado a Reno después del primer fin de semana allí. Entonces, no se había sentido sola.

Aunque, si lo pensaba bien...

No. Estaba más tranquila sin él, aunque todavía sentía su presencia en todas partes.

Pero tenía que admitir que cuando llegó el viernes y él no volvió, se quedó sorprendida y un poco desconcertada.

El viernes por la noche no salió. Se quedó en casa, trabajó y jugó con los gatitos y... tocó el violín que Sebastian había llevado.

¿Por qué no? De todos modos, él nunca lo tocaba.

Luego, volvió a guardarlo tal y como lo había encontrado. Él ni se daría cuenta de que lo había sacado.

Había echado de menos tocar el violín, pero no se había dado cuenta de cuánto hasta entonces. Y no tenía nada que ver con que fuese el violín de Sebastian.

¡Nada!

El sábado llegó su madre y casi no tuvo tiempo de pensar en Sebastian. Lara iba a quedarse con una amiga, pero Neely había quedado en recogerla del aeropuerto y llevarla a que conociese su casa.

Tenía la esperanza de que Sebastian no hubiese vuelto mientras ella estaba en el aeropuerto. No hacía falta que conociese a su madre, ni que su madre lo conociese a él.

No había visto a Lara desde Navidad, pero estaba igual que siempre. Estaba contenta, aunque se ponía triste cuando recordaba «los viejos tiempos» en compañía de John.

–La casa está tan vacía sin él –le dijo a Neely en el coche, de camino al lago Union–. A pesar de todo el tiempo que ha pasado.

–Lo sé –ella había tenido la misma sensación durante los últimos días.

–Pero él se alegraría de que viniese a verte, en vez de quedarme en casa. Estoy deseando conocer tu casa flotante.

–Ah, con respecto a la casa... –Neely no le había contado a su madre lo que había pasado. Lo hizo en ese momento.

Lara la miró con preocupación.

–¿Estás compartiendo casa con un hombre?

–Siempre la he compartido con un hombre, éste es sólo otro hombre.

–¿Qué tipo de hombre?

–Parecido a papá. Un arquitecto adicto al trabajo.

–¿Como tu padre? ¡No estarás acostándote con él!

–¿Qué? –Neely casi se chocó contra una camioneta que iba en sentido contrario.

–Por supuesto que no, eres mucho más sensata que yo –comentó Lara–, pero si de verdad se parece a tu padre, ten cuidado.

–Tengo cuidado, mamá. No te preocupes. Hemos llegado a un acuerdo.

–¿Y él va a respetarlo?

–Por supuesto que sí.

–Humm –Lara seguía dudando–. Si es como tu padre, podría llegar a ser muy persuasivo.

–¡Mamá!

–Sólo te lo estoy advirtiendo. Max era muy decidido.

–Hablando de Max. ¿Tienes pensado quedar con él?

–No creo. No le gustó que me largara contigo.

–¿Eso hiciste? –quiso saber Neely, sorprendida por la noticia.

Lara hizo un sonido que podría haberse interpretado como un sí.

–Estaba muy ocupado. Y siempre esperaba que estuviese de acuerdo con todo lo que él quería que hiciésemos. O que no hiciésemos. Se pasaba el día trabajando y quería que me conformara con unos minutos de su tiempo de vez en cuando. Ni siquiera tenía tiempo para que nos casásemos –se encogió de hombros–. Así que me marché.

–¿De verdad?

Era la primera vez que su madre le daba detalles.

–Sí. ¿Qué iba a hacer? ¿Quedarme sentada a esperar que entrase en razón? Era difícil que sucediese, así que decidí hacer algo drástico, como marcharme. Para que espabilase –rió con amargura–. Qué tonta fui. Odiaba la comuna, así que, cuando me marché cerca de Berkeley, estaba segura de que vendría a buscarnos –se encogió de hombros–, pero no lo hizo. Así que me alegré de haberme ido. Sus prioridades eran otras.

Neely tenía cuatro años cuando su madre se la había llevado a la comuna. Casi no se acordaba de su padre durante esos años. Sí se acordaba de esperar a que él fuese a recogerla, y de que su madre le decía:

–Supongo que ha debido de surgirle algo importante. Vámonos nosotras al parque.

En ese momento, reconoció que su madre tenía mucho mérito por no haberle hablado nunca mal de él, cuando había tenido muchas ocasiones para hacerlo.

–Creo que es posible que haya cambiado un poco –comentó Neely en ese instante–. Vamos a navegar juntos.

–¿No te ha dejado plantada? –preguntó Lara.

Neely negó con la cabeza.

–Apuesto a que, si lo invitamos a cenar, vendría –aunque, en realidad, no estaba segura.

Lara negó con la cabeza.

–No hagas de celestina. Tu padre y yo tuvimos

nuestra oportunidad. He venido a verte a ti, y a Serena –la amiga con la que iba a quedarse–. No tengo intención de intentar avivar un fuego que se extinguió hace muchos años.

–¿Ni siquiera quieres verlo?

–Sólo si está atado, para poder decirle un par de cosas sin que se vaya corriendo porque tiene una reunión.

Y dado que Max tampoco parecía haberse emocionado con la noticia de que Lara iba a estar en la ciudad, Neely pensó que sería mejor dejar las cosas como estaban. Mantuvo la mirada fija en la carretera. Al tomar la vía de salida que llevaba al lago Union pensó con ironía que tal vez su madre pudiese enseñarle algo acerca de cómo tratar a los hombres.

Capítulo 6

SE HA MARCHADO ya?

La persona al otro lado del teléfono era Max. Era media mañana del domingo y Neely acababa de llegar de darle un paseo a Harm.

–¿De mi casa o del estado? –respondió Neely, sin que hiciese falta preguntarle de quién hablaba.

–Del estado.

–No. Va a quedarse un par de semanas, pero no está aquí, si es eso lo que te preocupa.

–No estoy preocupado –contestó Max–, había pensado pasarme a darte las especificaciones del proyecto Blake-Carmody, pero no quería hacerlo si ella estaba allí. ¿Quieres que vayamos a navegar después?

–No puedo. Voy a reunirme con Stephen Blake mañana por la mañana. Tengo que tener todos los diseños terminados. Mamá está en Vashon, en casa de una amiga. ¿Por qué no la llevas a navegar a ella?

–No me hagas reír.

Cuando apareció por su casa una hora más tarde, Max seguía sin tener ganas de reír. De hecho, estaba muy irascible y no dejaba de mirar a su alrededor, como si pensase que Lara fuese a salir de un armario en cualquier momento.

Ella se sentía igual cuando Sebastian estaba por allí, pero era más divertido ver a otra persona nerviosa, que sentir el nerviosismo de una misma.

–¿Por qué no se ha quedado contigo? –le preguntó Max sin más preámbulo.

–¿Con quién iba a dormir? ¿Con Sebastian?

Max, que estaba paseando por la habitación, se giró y la miró fijamente.

–Era una broma –dijo Neely en tono alegre.

Max sonrió.

–Muy graciosa. ¿Estás segura de que no quieres venir? –preguntó señalando el lugar donde tenía amarrado el barco con la cabeza.

–La obligación me llama –contestó ella levantando una cartera.

–Entonces, ponte a trabajar –le dijo él antes de marcharse.

Y Neely consiguió por fin trabajar. Tenía muchas cosas que hacer y había pasado la mayor parte de la semana muy distraída.

Estaba concentrada haciendo un boceto de una de las viviendas cuando la sobresaltó el sonido del timbre.

–Vaya –murmuró entre dientes.

Fue a la puerta y se encontró con una mujer joven, que parecía tan sorprendida como ella al verla.

Debía de tener más o menos su edad, tal vez fuese un poco más joven, y tenía más curvas. Era alta y estaba morena, y tenía la melena color miel más bonita que había visto nunca Neely.

Ambas se observaron en silencio.

Entonces ladró Harm y la otra mujer lo miró.

–He debido de equivocarme de casa –dijo, retrocediendo–. Estoy buscando a Sebastian Savas, pero es evidente que no es aquí. Lo siento.

–No –consiguió decir Neely después de unos segundos–, no te has equivocado. Vive aquí.

–¿Aquí? –preguntó la mujer, sorprendida–. ¿Contigo? Quiero decir... que no sabía...

Que era más o menos lo mismo que estaba pensando Neely.

–Pero no está en casa –le informó ésta, pensando que se alegraba de haber conocido a la novia de Sebastian, así podría dejar de desear...

–Ah –la joven sonrió.

–No sé cuándo va a volver –le dijo Neely–. Está fuera de la ciudad, pero puedo decirle que has venido.

–No sé si es buena idea, es probable que se pusiera furioso –le advirtió ella–. No me había dicho dónde vivía. Y ahora lo entiendo –recorrió a Neely con la mirada.

–No soy... Quiero decir, que no estamos... Creo que te confundes –no quería engañar a la novia de Sebastian, ni que éste la culpase de haberse entrometido en la relación que tenía con esa mujer–. No es mi novio. No tienes que preocuparte.

La otra mujer rió.

–Y creo que tú también te equivocas. Tampoco es mi novio. Es mi hermano.

Neely puso ojos de cordero degollado.

–Tu...

–Hermano. Bueno, hermanastro. El mejor del

mundo –afirmó–. Aunque demasiado reservado, a veces. Ni siquiera me había hablado de ti. ¿Vives... con él?

–Sí, pero...

–¡Qué tío! Vive con una mujer. Siempre me dijo que no me fuese a vivir con Garrett antes de casarme...

–Ah, ¿tú eres la novia? –Neely sintió que le acababan de quitar un peso de encima.

La hermana de Sebastian asintió.

–Evangeline, pero todo el mundo me llama Vangie. ¿Y tú?

–Soy Neely Robson. Soy compañera de trabajo de tu hermano.

Vangie la miró como si estuviese segura de que había algo más, pero no dijo nada. Se arrodilló y acarició a Harm.

–¡Y hasta tenéis un perro!

–Bueno, en realidad, Harm es mío.

–Pero lo compartes con él –decidió Vangie–. Seb siempre quiso tener un perro, pero mi madre, no. Ni la madre de Matt tampoco. Ni la de las trillizas, ni...

–¿Qué?

Vangie se encogió de hombros.

–Que me alegro de que lo tenga ahora. Por fin está consiguiendo lo que se merece.

Neely no estaba segura de eso, pero tampoco estaba segura de qué era lo que se merecía.

Su hermana, no obstante, abrazó a Harm y miró a Neely con los ojos brillantes.

–O eso espero –dijo. Las lágrimas empezaron a correr por sus mejillas.

Neely se limitó a observarla durante unos segundos antes de preguntarle:

–¿Estás bien?

Vangie tragó saliva y se incorporó enseguida.

–Estoy bien. Es sólo... que quería hablar con Seb. Me ayuda con todo. Siempre lo ha hecho. Y sé que no espera que aparezca por aquí, pero pensé que lo entendería... y me ayudaría y... –se le quebró la voz y se limpió las lágrimas con el dorso del a mano.

–¿Quieres entrar? –le preguntó Neely, sintiendo que no podía dar a la hermana de Sebastian con la puerta en las narices, en especial, dado que estaba llorando.

Aquello pareció alegrar a Vangie.

–¿No pasará nada? Quiero decir, que no me conoces. Pero conoces a Seb –añadió más contenta–. Vives con él y...

–Pero no es lo que piensas –le repitió Neely.

Pero Vangie había decidido que sí, que quería entrar.

–Oh –exclamó mirando a su alrededor–. ¡Me encanta! Es mucho más bonita que el ático de Seb.

–¿Sí?

–Bueno, quiero decir que es mucho más acogedora –sus ojos se posaron inmediatamente en la cobaya y los conejos. Entonces, uno de los gatos se lanzó hacia ella, que lo tomó en brazos.

–Es un milagro –dijo Vangie mirando a Neely.

–¿El qué es un milagro?

–Tú... ellos –miró a su alrededor–, esto. Y Seb. Increíble.

–Él perro no es suyo. Ni los gatos. Ni el resto... Salvo el ordenador.

–Me alegro tanto por ti. Y por él.

Era evidente que la hermana de Sebastian no escuchaba más que él. Neely decidió rendirse.

–¿Quieres un té con hielo? ¿O un refresco?

–Un té, por favor.

Mientras servía dos vasos, Neely observó cómo Vangie exploraba, con educación, no como su hermano, la zona del salón.

–Aquí está –anunció Neely, entrando con los vasos.

–Gracias –dijo Vangie, volviéndose. Estaba llorando otra vez.

–Vaya –dijo Neely sin querer–. No estás bien.

Ella dejó el gato para tomar el vaso.

–Sí –contestó, sonriendo–. Es sólo... que no sé qué hacer. Seb siempre me escucha, me da consejos... Es el único que me ha ayudado con todos los preparativos de la boda.

–Ah, sí. Me ha hablado de ello –y de las cajitas de colores.

–Sé que ha sido muy duro para él. He estado llamándolo a todas horas, molestándolo en el trabajo. Sé que la boda no le importa, pero le importo yo. Le importamos todos –continuó Vangie–. Y sé que, si alguien puede conseguir que papá venga a la boda, es él.

–¿Estás segura? –preguntó Neely con cautela. Porque no estaba al corriente de la relación que había entre Sebastian y su padre, pero le daba la sensación de que no era demasiado estrecha.

–Sí. ¡Tiene que hacerlo! –exclamó Vangie–. La familia de Garrett piensa que es un poco raro que todavía no haya aparecido por aquí. Y yo les digo que es un hombre muy ocupado, pero que vendrá a la boda. ¡Aunque no sé si lo hará!

–¿Por qué no se lo preguntas tú?

–Porque no responde al teléfono, ni a mis correos electrónicos. Ni siquiera sé si los recibe. Está en Hong Kong, o en Tombuctú, o algo así. Ya se lo he dicho a Garrett, pero es un poco raro... Y los padres de Garrett se preguntan con qué familia se está casando.

–No va a casarse con tu familia, sino contigo –dijo Neely con firmeza.

–Pero les gustaría conocerlo. ¡Y a Garrett también! Y... no es *normal* que tu padre no vaya a tu boda. Por una vez, me gustaría ser normal. Me entiendes, ¿verdad?

La verdad era que Neely la entendía muy bien. Ella también había querido siempre tener una vida familiar normal, un padre con el que hablar. Cuando su madre se había casado con John, éste había sido el padre que ella siempre había imaginado. Y, de hecho, había llegado a Seattle con la idea de intentar establecer una relación con Max.

Así que sonrió a la hermana de Sebastian y le dio una palmadita en la mano.

–Te entiendo.

–¿Le pedirás a Seb que lo haga por mí?

–Tu hermano nunca me escucha.

–Por supuesto que sí, vive contigo.

–Pero no es lo que tú piensas.

–Le importas.

–¿Qué?

–Si no le importases, te habría echado de aquí. Y te permite tener todos estos animales...

–Vivimos en un país libre y yo tengo un contrato de alquiler.

–A Sebastian le habría dado igual si no le importases. Inténtalo, por favor. Dime que lo harás.

–Le diré que has venido. Y lo que querías, pero no puedo prometerte más.

–¡Gracias! ¡Eres un amor! –le dijo Vangie, y le dio un fuerte abrazo.

Luego se levantó, abrazó también a Harm y fue hacia la puerta.

Pero ésta se abrió justo antes de que llegase a ella.

–¡Seb! –exclamó Vangie, lanzándose a los brazos de su hermano.

–¿Qué...? –Sebastian dejó caer su maletín y abrazó a su hermana–. ¿Qué está haciendo aquí? –preguntó, mirando a Neely.

–¿Y me lo preguntas a mí?

Seb se apartó de Vangie y la miró a los ojos.

–¿Qué está pasando? –preguntó.

Y a Neely le enterneció la mezcla de amor y exasperación que había en su voz.

–Necesito que hables con papá –le rogó su hermana–. ¡Por favor!

Sebastian abrió la boca para hablar, pero entonces miró a Neely y volvió a cerrarla.

–Creo que voy a sacar un rato a Harm –dijo ella–. Vosotros dos tenéis cosas de las que hablar.

–Pero puedes quedarte... –empezó Vangie.

–Encantada de conocerte –contestó ella, saliendo por la puerta y sonriendo a ambos.

Estaba de vuelta.

Justo cuando menos se lo esperaba, por supuesto.

Y tal vez ella estuviese huyendo, como le había dicho Max, porque al verlo en la puerta se le había acelerado el corazón. Y el verlo con su hermana no la ayudaba.

Era más fácil pensar en Sebastian como en un hombre frío. Y mucho más difícil resistirse a él sabiendo que, en el fondo, tenía la sangre caliente. O que, al menos su hermana, pensaba que era muy cariñoso.

–Eso no significa que sea el hombre adecuado para tener una relación –se recordó a sí misma en voz alta mientras paseaba con Harm.

Era bueno con su hermana, sí. Era, aunque él quisiese negarlo, una persona familiar.

Pero no quería una relación estable. Y ella no iba a conformarse con menos.

–Recuérdalo –se dijo, haciendo que Harm se volviese a mirarla.

Se sintió aliviada cuando abrió la puerta de la casa flotante y vio que estaba en silencio. Al parecer, Sebastian se había marchado con su hermana.

Estaba segura de que habrían llegado a un acuerdo, y de que Vangie lo habría convencido para que se pusiese en contacto con su padre.

Le quitó la correa a Harm y se desabrochó la cazadora. Luego fue hacia el salón, que estaba a oscuras. Le rugió el estómago al acercarse a la cocina.

Pero no tenía hambre, al menos, de comida. Su alma ansiaba algo más sustancioso. Por eso, de manera casi automática, se subió al aparador para llegar a la parte de arriba de la estantería. Lo había hecho tantas veces que era capaz de bajar el violín a oscuras.

Lo cierto era que lo había tocado mucho esa semana. La música la tranquilizaba, la ayudaba a concentrarse. Y si Sebastian iba a volver esa noche, necesitaría estar tranquila y centrada.

Lo afinó y empezó a tocar.

Tocó un tema de Mozart y unos minués de Bach. Harm nunca empezaba a aullar hasta que no llegaba a Vivaldi. Y ella solía pensar que no lo hacía por protestar, sino porque se conmovía.

Cuando lo hizo, una voz dijo de repente:

–¡Para!

Y ella dejó de tocar de repente.

Entonces vio aparecer la silueta de Sebastian entre las sombras.

–Tú no, el perro.

Neely lo miró fijamente mientras sujetaba el violín con fuerza. De repente, se sintió débil y temió caerse, o peor, que se le cayese el violín.

–¡Pensé que no estabas!

–Pues vuelve a pensar –Sebastian se acercó a ella.

Neely dejó el violín con cuidado encima del

aparador y retrocedió hacia la cocina. Un movimiento estúpido, ya que sólo tenía una salida.

–Lo siento –dijo enseguida.

–¿Por qué?

–No debería haberlo tocado. Yo...

–Para eso está, para tocarlo –replicó él, que estaba muy cerca.

–Sí, pero tú no lo tocas.

–Porque no sé.

–¿Qué? –preguntó Neely, sorprendida.

Él se encogió de hombros.

–Nunca he aprendido. Era el violín de mi abuelo. Era él quien lo tocaba, casi tan bien como tú –añadió, sonriendo.

Neely tragó saliva. Empezó a darse cuenta de que no estaba enfadado.

–Gracias, pero, aun así, debí haberte pedido permiso.

–¿Cuándo? Nunca coincidimos en casa –bromeó él.

Neely no quería que bromease, no quería sonreír. Quería mantenerse fría. Necesitaba resistir.

–Puedes tocarlo cuando quieras. Eres muy buena.

–No –contestó ella–. Pones el listón muy bajo.

–Sabes que no es así –negó él, sonriendo.

Neely sintió la fuerza de su sonrisa, la electricidad que corría entre ambos, y se derritió. Levantó las manos y descubrió que el único lugar donde podía ponerlas era en su camisa.

Volvió a bajarlas, se aclaró la garganta e intentó encontrar un modo de escapar de él.

–Si piensas que deberías darme algo a cambio, lo entendería –continuó Sebastian.

–Por supuesto –contestó ella–. Es un violín magnífico. Nunca había tenido en mis manos uno tan bueno. ¿Cuánto quieres?

–¿Qué tal un beso?

Ella se echó hacia atrás y se dio en el codo con la encimera.

–¡Ay!

–Si quieres, puedo besarte para hacerte sentir mejor –dijo Sebastian agarrándole el brazo y dándole un beso en el codo.

Neely sintió que la recorría un escalofrío.

–¡Por favor! –protestó, intentado, sin éxito, zafarse de él.

Pero él continuó recorriendo su brazo con pequeños besos, haciéndola temblar mientras subía hasta el hombro, el cuello, la oreja, la mandíbula.

Neely intentó convencerse de que no quería que sucediese aquello, pero su cuerpo y su mente le decían lo contrario. Que lo que no quería era pagar el precio. No quería que le rompiese el corazón.

Tomó aire y aspiró su olor a champú y a mar, a él. Y supo que jamás lo olvidaría, ni aunque viviese cien años.

Y entonces los besos llegaron a la barbilla, tocaron su boca. Le pasó la lengua por los labios, haciendo que se separasen.

Neely suspiró, alargó las manos hacia él y le devolvió el beso, no pudo evitarlo. Seguía recordando la desesperación de Vangie, las alabanzas a su hermano, su convicción de que él lo solucionaba todo, fuese cual fuese el problema.

Y se dio cuenta de lo mucho que le importaba su familia.

Si fuese el canalla que ella había imaginado, tan frío e indiferente como intentaba aparentar, Neely habría sido capaz de resistirse, pero ya no podía. Hasta le dejaba tocar el violín.

Abrió los labios y decidió disfrutar del momento.

Sebastian Savas besaba muy bien.

Neely no sabía por qué había pensado que era un hombre frío. No había nada de frío en su manera de besarla, de acariciarla, de tomarla por la cintura para sentarla en la encimera. Ni había nada frío en la manera en que la hacía sentir.

Fue un beso largo, desesperado, que causó estragos en su determinación de resistirse a él.

No le convenía. No quería lo mismo que ella, pero, aun así, no podía apartarse de él.

–No –le dijo con voz temblorosa–. No quiero.

Sus dedos se detuvieron un momento. Sebastian retrocedió y la miró a la cara.

–Sí quieres –la contradijo–. Me deseas. No mientas, Neely.

–Está bien, sí. Quiero. Pero no quiero lo que vendrá después. ¡No quiero lo mismo que tú!

–¿El qué?

–Sexo.

–¿No quieres sexo? –preguntó él con incredulidad.

Por supuesto que lo quería, quería hacer el amor con él, pero sus palabras lo decían todo. Él no hablaba de hacer el amor, sino de sexo.

–¡Ya sabes lo que quiero decir! Ya hemos hablado de esto antes. Por eso te dije que no quería que me besases. No quiero aventuras de una noche.

–Seguro que sería más de una noche –contestó él sonriendo.

–Para. Deja de malinterpretarme intencionadamente. Quiero amor. Tal vez tú no lo quieras, pero yo sí. Quiero un futuro, una relación que dure, amar y ser amada.

Él hizo una mueca, sacudió la cabeza y suspiró.

–Te vas a poner pesada con el tema, ¿verdad? Hablas en serio.

Neely asintió.

–Sí, lo digo en serio –sonrió un poco y pensó que era muy difícil ser sensata cuando lo que quería en realidad era terminar lo que habían empezado.

Sebastian se apartó por fin de ella. Neely cerró las rodillas y se irguió, sin bajar de la encimera.

–¿Qué hacías ahí, tumbado en la oscuridad?

–Había estado trabajando durante todo el fin de semana, maldita sea. Y venía a casa con la esperanza de poder tomarme un respiro cuando me encontré con Vangie.

–Eres el centro de su universo.

–Pues se equivoca.

–Es evidente que sabe que puede depender de ti.

–Para cosas razonables, no para esto –se dio la vuelta de manera brusca y salió de la cocina.

–¿No vas a hacerlo? –preguntó Neely, saltando al suelo y siguiéndolo.

–¡No! Si quiere que el viejo vaya a su boda, que lo invite ella.

–Creo que lo ha intentado.

–Exacto. Y él la ha ignorado. Igual que me ignorará a mí.

–Pues tu hermana no piensa lo mismo.

–¡Qué piense lo que quiera! –exclamó, yendo y viniendo por el salón.

–¿Es la primera en casarse? –le preguntó Neely–. De todos tus hermanos, quiero decir.

–Sí, ¿pero qué más da eso?

–No lo sé. No conozco a tu padre.

–Ninguno lo conocemos –dijo Sebastian resoplando.

–A lo mejor no sabe cómo comportarse como un padre. Tal vez se sienta raro y...

–¡Es normal que se sienta raro!

–Pero, tal vez, si *tú* lo invitases... y no Vangie, le podrías decir lo mucho que significa para ella.

–Como si fuese a escucharme.

Neely se encogió de hombros.

–Nunca se sabe. Tal vez lo haga. Tal vez haya cambiado. Max ha cambiado –le recordó–. Tampoco fue un buen padre conmigo, durante muchos años. En parte, fue culpa suya. En parte, culpa de mi madre. Pero yo no me arrepiento de haberme puesto en contacto con él, ya de adulta. No me arrepiento de haberlo intentado.

Sebastian la miró fijamente. Era cierto. Se había puesto nerviosa antes de hablar con él, antes de pedir trabajo en su empresa.

Quizás, si no hubiese tenido un padrastro tan estupendo como John, no habría tenido el valor de intentar formar parte de la vida de Max. Porque, gracias a John, ya sabía cómo era un buen padre. Sabía cómo era el amor de un padre.

No necesitaba aquello de Max. No le había importado que él la quisiera o aceptara, porque ya lo había hecho John.

Pero no sabía nada del padre de Sebastian.

Tal vez no fuese justo sugerirle que volviese a intentarlo.

–Tal vez haya cambiado –repitió Neely–, pero haz lo que quieras.

–Sí, eso haré –contestó él en tono monótono.

Capítulo 7

NO IBA a hacerlo.

Y Neely Robson no tenía derecho a tratarlo como si estuviese traicionando a su hermana, a su familia, y a todo el mundo sólo por no hacerlo.

Su padre no era Max. Y nunca lo sería. No merecía la pena llamar a Philip Savas para hablarle del tema. Si quería ir a la boda, iría. Si no iba... Seb pensaba que sería lo normal en él, no ir.

Pero no podía dejar de pensar en ello. Bueno, en realidad, no podía dejar de pensar en Neely.

Cuando ella había llegado, él estaba tumbado en el sofá, a oscuras, dando vueltas al tema de su hermana. Había preferido no levantarse y dar la luz, para que ella no se preguntase qué hacía allí. Así que se había quedado donde estaba y la había oído subirse a por el violín y empezar a tocarlo.

Aquello había sido toda una revelación. Jamás habría imaginado que Neely Robson sabía tocar el violín.

La música había hecho que se sintiese como en casa de sus abuelos, le había hecho pensar en los días de invierno que pasaba en la casa de Long Island, envuelto en una manta y sentado cerca de la chimenea, esperando a que su abuelo volviese a casa.

Desde la muerte de sus abuelos, nada había vuelto a hacerle sentir así, como en casa.

Los sonidos del violín habían hecho que le doliese la garganta, que se le humedeciesen los ojos, que se le hinchase el corazón en el pecho. Le habían hecho recordar los anhelos y sueños de su niñez, y un futuro lleno de promesas.

Quería volver a tener un hogar.

Pero no cualquier hogar. Quería un hogar con ella.

No iba a hacerlo.

Neely se había dado cuenta al ver cómo apretaba la mandíbula con fuerza, al oírlo hablar en tono monótono y al ver que se marchaba de la habitación después de hablar.

Ella no había ido tras de él. No lo había seguido escaleras arriba, ni a su habitación.

No habría sido sensato hacerlo. Se sentía demasiado atraída por él.

En esos momentos, estaba sentada en su despacho, mirando la pantalla del ordenador y pensando en todo lo que había ocurrido la noche anterior, y durante los días que había compartido casa con Sebastian. Sabía que él tenía todo lo que siempre había buscado en un hombre. Era fuerte, cariñoso, inteligente, honrado y muy sexy, pero no creía en el amor.

No sólo no creía en el amor entre un hombre y

una mujer, sino tampoco en el amor entre un padre y sus hijos. Aunque eso era comprensible, dada su experiencia.

Fuera, estaba lloviendo, y Neely sabía que tenía que ponerse a trabajar, pero a pesar de que Blake le había dado el visto bueno esa mañana y le había dicho que siguiese así, ella seguía deprimida.

No tenía nada que ver con el trabajo. Se trataba de Sebastian.

Lo echaba de menos. Estaba mal por él, pero no podía cambiarlo.

Lo único que podía hacer, y que probablemente debía hacer, era buscarse otro lugar donde vivir.

Su teléfono móvil sonó antes de que le diese tiempo a darle más vueltas al tema.

–Tengo que pedirte un favor –le dijo Max, parecía más tenso de lo normal.

–Dime.

–Estoy en el Swedish Hospital. ¿Puedes venir?

–Por supuesto. ¿Qué pasa? ¿Es un proyecto nuevo?

–Más o menos. Tengo una pierna rota.

Nunca había estado en aquel hospital. Bueno, en realidad, había nacido allí, pero no había vuelto desde entonces.

Así que le costó llegar, y cuando llegó a recepción, le dijeron que se habían llevado a su padre al edificio de enfrente, donde iban a operarlo.

Neely le dio las gracias a la recepcionista y salió por donde había entrado. Al llegar al otro edificio, le informaron de que Max ya estaba en el quirófano y le indicaron que esperase en la sala de espera, que el cirujano saldría a hablar con ella cuando hubiese terminado la operación.

Así que Neely, preocupada, fue hacia la sala de espera.

A pesar de saber que sabía que el accidente de Max no era grave, que tenía que relajarse, su cuerpo estaba con una sobrecarga de adrenalina.

–Neely.

Se dio la vuelta al oír su nombre.

–¿Sebastian? –miró consternada al hombre que había en la puerta de la sala de espera–. ¿Qué estás haciendo aquí?

–Me ha llamado Max.

Suspiró. Era normal, ella era su hija, pero Sebastian era su mano derecha. Entró muy despacio en la sala. Sebastian la condujo hacia una silla y le hizo un gesto para que tomase asiento.

Se sentó. Y él, a su lado. Parecía tranquilo, como siempre. Volvía a ser el Hombre de Hielo.

Aunque, al mirarlo con más detenimiento, Neely vio la tensión en su rostro.

–¿Has llegado antes de que lo metiesen en quirófano? –le preguntó.

–Justo antes.

–¿Va a ir todo bien? ¿Cómo es de grave?

–La verdad es que no sé mucho. Supongo que depende de lo que encuentren cuando operen.

–Sí –Neely tragó saliva–. Se va a poner furioso por no poder ir a las obras. Va a tener que supervisarlo todo desde su despacho.

–No creo.

–¿El qué? ¿Que no va a quedarse en su despacho? ¡Tendrá que hacerlo!

–No, me refería a supervisarlo todo. Va a tener que estar mucho tiempo en reposo. Podrá hacer algunas cosas, por supuesto, pero no podrá continuar con los proyectos que requieran trabajo de campo. Seré yo quien los supervise, o delegue el trabajo.

Neely tardó un minuto en procesar sus palabras.

–¿A qué proyectos te refieres?

Sebastian mencionó varios proyectos en los que estaba trabajando Max.

–¿Y el de Blake-Carmody? –preguntó ella, sabiendo que era el preferido de su padre, en el que iba a trabajar con ella.

–Ése –respondió Sebastian– es mío.

Si Neely ya pensaba que Sebastian era un adicto al trabajo antes del accidente de Max, no era nada en comparación con su ritmo de trabajo de después.

–No tienes que hacerlo todo –le repetía una y otra vez.

Pero él se levantaba al amanecer, trabajaba una hora, se iba al estudio, luego a las obras, asistía a las reuniones e iba al hospital a informar de todo a Max. Bueno, no de todo, porque Max necesitaba descansar.

Al parecer, él no lo necesitaba.

Se marchaba de casa antes de que Neely se levantase y volvía cuando ella ya iba a meterse en la cama. Un día no lo vio por la noche, ni a la mañana siguiente, y al llegar al estudio le preguntó si había ido a dormir a casa.

–No, pero me he echado un rato en el sofá.

–No es suficiente.

–No he tenido tiempo de más. Tenemos que avanzar el proyecto de Blake-Carmody. Tengo una reunión con el comité el viernes.

–¿Puedo ayudarte? Acabo de reunirme con Blake. Sé cómo piensa.

Él negó con la cabeza.

–No hace falta. Gracias. Esta parte me toca a mí, no a ti.

Neely volvió a su despacho, todavía preocupada. Y un tanto dolida por su rechazo.

Más tarde ese día, se lo dijo a Max, que seguía en el hospital, con la pierna inmovilizada.

Max se limitó a encogerse de hombros.

–Es igual que tú –comentó ella.

–Alguien tiene que serlo –replicó su padre con una sonrisa.

–¿De verdad lo piensas? –preguntó Neely sin sonreír–. ¿Le aconsejarías que viviese así? ¿Después de lo que tú has hecho con tu vida?

«Y con la mía», pensó, pero no lo dijo.

La sonrisa de Max se esfumó.

–No lo sé, pero pensaba como él cuando tenía su edad.

–¿Y ahora?

Se encogió de hombros y se pasó la mano por el pelo.

–No puedo decírselo. Tiene que ser él quien decida cuáles son sus prioridades.

–Como hiciste tú –dijo ella en tono sarcástico.

–Exacto.

Neely pensó que, en el fondo, tenía razón. Pero Sebastian continuó trabajando desde el amanecer hasta bien entrada la noche. Delegó algunos proyectos, pero se negó a aceptar su ayuda.

El miércoles, estaba trabajando en su despacho cuando Vangie llegó, hecha un mar de lágrimas.

Neely la había visto entrar, pero estaba hablando por teléfono.

Diez minutos más tarde, volvieron a llamarla.

–Me dijiste que querías ayudarme –le dijo Sebastian sin más preámbulo.

–Sí –contestó ella con cautela.

–Bien. Ven a por ella.

Neely colgó y decidió acudir en su ayuda. Al entrar en el despacho de Sebastian, vio que Vangie seguía llorando.

–¿Qué le pasa? –preguntó Neely corriendo a su lado.

–Que las cajitas no son plateadas –le explicó Sebastian–, sino grises.

–¿Qué?

–Como ves, es el fin del mundo –le dijo Sebastian.

Neely le dio una palmadita a Vangie en el hombro y miró fijamente a Sebastian. Había rechazado su ayuda con el trabajo, pero se la pedía para las cajitas plateadas...

Le dieron ganas de marcharse de allí y dejarlo

solo con su hermana, pero no pudo hacerlo. Se había ofrecido a ayudarlo y tenía que hacerlo.

–Ven –dijo, ayudando a Vangie a levantarse–. Vamos a ver qué podemos hacer al respecto.

–¡No podemos hacer nada! –sollozó ella–. ¡La recepción será un fracaso!

–Ya veremos –murmuró Neely–. Ya veremos –y la sacó del despacho de Sebastian para que él pudiese seguir trabajando.

Fueron a comprar pintura plateada y media docena de brochas, y Vangie se calmó por fin. Aunque parecía seguir teniendo dudas.

–¿Estás segura de que funcionará?

–Por supuesto que estoy segura. Podemos ocuparnos de ello ahora mismo si nos ayudan tus hermanas.

–Claro que sí, y mi madre y mis madrastras también nos ayudarán.

Así que fueron a reunirse con las trillizas y con Jenna, y con Sarah, de diez años, y con tres de las madrastras de Sebastian.

A Neely le resultó muy significativo conocer su ático. Era probable que hubiese sido un piso austero y minimalista antes de la invasión de su familia, pero al ver cómo estaba en esos momentos, Neely entendió que Sebastian hubiese estado desesperado por salir de allí.

Pensó que era muy amable, prestando su casa. Pocos hombres lo habrían hecho.

Mientras Neely les enseñaba a pintar las cajas, que no eran tan grises como Vangie había dicho, le contaron muchas historias acerca de todas las cosas que Sebastian había hecho por ellas.

Estaba pagándole la universidad a Jenna. Le había pagado un año de estudios en París a una de las trillizas. Estaba ayudando a Cassidy, una de sus madrastras, que parecía poco mayor que él, para que pudiese terminar sus estudios de enfermería.

–¿Y vuestro padre, también os ayuda? –le preguntó Neely a una de las trillizas.

La chica pareció sorprenderse.

–¿Quién? Ah, papá. Casi no lo vemos.

–Va a venir a la boda –comentó Vangie–. Sebastian se está ocupando de ello.

Neely se asombró de oír aquello, y se preguntó si Sebastian había cambiado de idea, o si Vangie estaba dándolo por hecho antes de tiempo. No le pareció apropiado preguntarlo.

Cuando hubieron terminado de pintar las cajas, Vangie se levantó, sonriendo, y abrazó a Neely.

–Gracias –se volvió a su madre y al resto de las mujeres–. ¿No os había dicho que era estupenda? Seb tiene mucha suerte de tenerte.

–No me tiene –replicó ella.

Pero Vangie y el resto no la escucharon y comentaron lo felices que serían juntos.

Neely prefirió no llevarles la contraria, ya se encargaría de ello Sebastian.

Pero mientras volvía a casa después de compartir una pizza y una ensalada con la familia de Sebastian, pensó que comprendía que él moviese cielo y tierra para ayudarlas.

Porque las quería.

Y, sin darse cuenta, deseó que la quisiera a ella

también, que se enamorase de ella como ella se había enamorado de él.

–No –dijo Seb por teléfono–. No puedo.

No podía marcharse a Reno el viernes para una reunión.

–Ya la hemos retrasado antes –se quejó Lymond, el presidente del grupo en cuyo proyecto estaba trabajando.

–Te llamo luego –le dijo Sebastian.

–La reunión es a las doce y media.

Seb juró entre dientes después de colgar el teléfono porque sabía que no podía volver a pedir que retrasasen la reunión, pero tampoco sabía cómo iba a estar en dos lugares a la vez. No era profesional. Y era imposible.

Tampoco podía pedir a Roger Carmody y a Stephen Blake que retrasasen la reunión que tenía con ellos. Entonces se le ocurrió que podía ir Max. No había otra solución.

–Claro que la hay –le dijo Max cuando le habló de ello–. Manda a Neely.

–¿Bromeas?

–¿Por qué iba a bromear? Conoce el proyecto mejor que nadie. Ha trabajado a mi lado desde el día que empezamos con él.

–Yo también trabajé contigo, hasta que me apartaste de él.

–Sí, y fue un error –admitió Max–, pero tienes que ir a Reno. Habla con ella.

Después de salir del hospital, Seb volvió a llamar a Lymond, en Reno, para confirmarle que iría el viernes.

Después, volvió a casa, era el primer día que volvía antes de las diez de la noche desde el accidente de Max. Neely estaba sentada en la mecedora, con uno de los gatitos entre las manos. Levantó la vista y le sonrió.

Era una de esas sonrisas que lo derretían, que hacían que sólo desease llevársela a la cama y no pensar en nada más.

–Tengo que irme a Reno mañana –le anunció–. No puedo volver a pedirles que retrasen la reunión. Y tampoco podemos posponer la de Carmody y Blake.

–No pasa nada –dijo ella–. Yo puedo ocuparme...

–No tienes que ocuparte de nada. Sólo de tu parte, yo haré el resto la semana que viene.

Neely dejó de sonreír.

–Ya me he ocupado de mi parte. La zona de viviendas ya está aprobada.

–Ya lo sé, pero se supone que es la última reunión, y como yo no puedo ir, Max ha dicho que tienes que ir tú.

–¿Eso ha dicho Max?

–Sí, cree que eres capaz de defender el puesto.

–Considéralo hecho.

La reunión en Reno era mucho más una formalidad que la de Seattle, así que cuando terminó, a las tres, Seb se sintió tentado a llamar a Neely, pero se dijo que seguiría reunida y no respondería.

Así que se fue al aeropuerto e intentó convencerse a sí mismo de que Neely no metería la pata. Justo antes de que despegase el avión, llamó a Max.

–Ya está resuelto el tema de Reno –le informó.

–Ya lo sabía –contestó él–. Por cierto, vuelvo a casa esta tarde.

–¿Va a ir a recogerte Neely?

–No estoy seguro.

–¿No has tenido noticias suyas? –preguntó Seb, incapaz de ocultar su preocupación.

–¿Qué? Ah, sí. Tal vez venga. Me ha dicho que iba a estar ocupada.

–¿Ocupada?

Max rió.

–Supongo que tiene una vida.

A Seb no le pareció gracioso.

–¿Qué te ha contado de la reunión?

–Que ha ido bien.

–¿Qué significa eso?

–Pues supongo, que quiere decir que ha ido bien.

–Vale –murmuró Seb–. Eso espero.

–Relájate –le aconsejó Max.

–Está bien. Hasta luego.

Cuando llegó a Seattle, tenía un mensaje de Roger Carmody en el teléfono.

–Muy inteligente –decía Carmody–, mandar a Neely. Ya lo hemos solucionado todo. Estamos de acuerdo. Te llamaré el lunes. Gracias.

Seb temió por sus diseños y llegó a casa hecho una furia. Si Neely se había atrevido a cambiar algo, la mataría. Vio la luz del porche encendida y, cuando abrió la puerta, lo golpeó un delicioso olor a comida. Había música clásica sonando de fondo y Harm corrió a darle la bienvenida. Dejó caer el maletín, acarició al perro y fue directo al salón.

Neely estaba en la cocina. Cuando lo oyó llegar, se giró, sonriendo de oreja a oreja.

–Has vuelto.

–Sí, he vuelto –contestó él sin sonreír.

–¿No ha ido bien?

–Cuéntamelo tú.

–No, me refiero a Reno. Pareces disgustado.

–¡Y lo estoy! Me has traicionado.

–¿Quién te ha dicho eso?

–¡Carmody! ¿Quién si no?

–¿Has hablado con él? ¿Qué te ha dicho?

–Me llamó cuando estaba en el avión. Me dejó un mensaje en el que parecía muy contento. Así que parece que ha conseguido lo que quería.

–Sí –admitió Neely–. Ha conseguido lo que quería –tomó un paño de cocina y se secó las manos.

–No debí mandarte –dijo Seb enfadado–. ¡Maldita sea! Debí posponer la reunión e ir yo.

–¿Qué es lo piensas que he hecho? –preguntó Neely con mucha tranquilidad.

–No lo sé. Tú y yo no vemos las cosas de la misma manera.

–Pero trabajamos en el mismo proyecto. Y yo estaba representando todo el proyecto. No sólo mi parte –dejó el paño y salió de la cocina para ponerse frente a él, al lado de la mesa de comedor, en la que había dos cubiertos. Velas encendidas. Copas de vino. Y una botella de champán enfriándose.

Seb miró la mesa y luego volvió a mirarla a ella.

–¿Qué has hecho? –le preguntó.

–Tú ya les habías enviado tus diseños, así que me reuní con ellos y les pregunté si tenían alguna duda. Roger tenía muchas, en especial acerca de la zona común. Yo le expliqué cuáles eran tus intenciones.

–¿*Mis* intenciones?

Neely se encogió de hombros.

–Tú fuiste quién la diseñó.

–Max...

–Eran tus planos. Max siempre dijo que eran tuyos.

–A ti no te gustan mis diseños.

–No me gustaban los diseños por los que discutimos la primera vez. Y otros me parecen demasiado austeros. Es cierto. Pero éste, lo entendía. Sólo hacía falta convencer a Roger.

Dicho eso, Neely se dio la vuelta, sin mirarlo.

–¿Así que convenciste a Carmody de que mis diseños eran lo que necesitaba el proyecto?

–A eso fui a la reunión. Era mi trabajo.

Seb no supo qué decir. Todo le parecía inadecuado.

–Gracias.

–De nada –respondió ella en tono helado.

Era normal que estuviese enfadada, se había comportado como un idiota.

–De verdad –masculló Seb–. Pensaba...

–Está claro lo que pensabas. Algún día, Sebastian, tendrás que darte cuenta de que hay personas en las que puedes confiar.

Le había hecho daño a ella también. Se maldijo por ello.

La vio apagar las velas y se dio cuenta de que había planeado algo especial.

–¿Qué haces? –le preguntó con voz ronca–. ¿No quieres cenar?

–Ya no. Pensaba que teníamos algo que celebrar, pero es evidente que estaba equivocada.

Capítulo 8

NO IBA a llorar.

No podía derramar ni una lágrima por el maldito Sebastian Savas, era un obstinado, un imbécil y la había acusado sin tener motivos.

Aun así, se le nubló la vista mientras se alejaba de la casa, con Harm dando saltos a su lado, contento por el inesperado paseo. Estaba muy oscuro y Neely no sabía adónde iba. Tenía hambre y estaba cansada, y se sentía como si acabasen de darle un puñetazo en el estómago.

Había llegado a casa ya cansada, pero emocionada al mismo tiempo. Contenta de que Roger Carmody hubiese comprendido por fin los diseños de Sebastian.

Oyó pisadas detrás de ella, y alguien la agarró del brazo.

–¡Espera!

Y lo hizo porque Sebastian le impedía seguir andando. Ambos respiraban entrecortadamente. Él se había aflojado la corbata y estaba despeinado.

–¿Qué quieres? –inquirió ella con frialdad.

–Lo siento.

Neely se limitó a mirarlo, dudó de sus palabras.

Aunque lo sintiese, seguro que no sentía lo que tenía que sentir.

–Mira... –continuó él– me he equivocado. Perdóname. Pensaba... –le soltó el brazo–, bueno, ya sabes lo que pensaba.

–Sí.

Se pasó los dedos por el pelo.

Ella echó a andar de nuevo. En el fondo, le alegraba que reconociese su error, pero seguía sintiéndose herida.

Durante las últimas semanas, había aprendido a comprenderlo, tal vez no del todo, pero ya no lo consideraba el Hombre de Hielo, que sólo vivía para el trabajo y no tenía sentimientos. Sabía que era un hombre reservado, sí, pero leal, de confianza, al que podía... amar.

Pero él parecía seguir sin entenderla, sin confiar en ella.

–¿Me perdonas? –insistió, llegando a su lado.

–Claro –contestó ella, sin dejar de andar.

–¿Vienes a cenar conmigo a casa?

Neely no respondió, no se detuvo, pero aminoró el paso.

–¿Por qué? –le preguntó–. ¿Para que finjamos que lo entiendes? ¿Que confías en mí? ¿Que todo va sobre ruedas?

–No, porque me muero de hambre, y seguro que tú también. Me avergüenzo de haber pensado mal de ti, y me gustaría que volvieses a casa para poder decirte lo mucho que lo siento. No vamos a desperdiciar una buena cena. Además, así podrás contarme cómo convenciste a Roger.

–Está bien –accedió ella, y empezó a andar hacia la casa.

–¿Tienes un minuto?

Neely levantó la vista del cuaderno que tenía delante y vio a Vangie en la puerta.

–Ah, hola. Claro. Entra. ¿Qué tal van las cosas?

–¡Sebastian va a hablar con papá!

–¿Sí? –preguntó ella con cautela.

–Esta noche –dijo Vangie sentándose en la silla de enfrente–. Van a ir a tomar algo juntos. Sabía que lo haría. Siempre se puede contar con él.

–Eso es... maravilloso –comentó Neely sonriendo.

–Va a hacerlo por ti.

–¿Qué? ¿De qué estás hablando? ¿Te ha dicho él eso?

–No, claro que no, pero yo sé que has sido tú quien lo ha convencido.

–¡No! Yo no le he dicho nada.

–¿De verdad? –Vangie parecía sorprendida–. Pues yo estaba segura de lo contrario.

Entonces Neely se acordó de que sí le había dicho algo, le había dicho que tal vez su padre hubiese cambiado.

La cara de culpabilidad debió de traicionarla, porque Vangie dio un saltito en su silla y dijo:

–¡Lo sabía! Estaba segura de que habías sido tú.

–Lo que haga o no haga Sebastian depende sólo de él.

–Sí, claro, lo que tú digas –admitió Vangie, todo sonrisas. Se levantó y, cuando Neely se puso también en pie, la abrazó–. Gracias. ¡Muchas gracias!

–Yo no he hecho nada –protestó Neely.

–Vendrás a la cena de ensayo con Seb, ¿verdad?

–Yo...

–Por supuesto que vendrás –la interrumpió Vangie antes de que hiciese ninguna objeción.

Lo cierto era que quería ir a la boda, pero si a Sebastian no le parecía bien, no iría.

Aunque ella tenía la esperanza de que sí quisiese que fuese.

Vangie se despidió con la mano y salió de su despacho. Y ella se quedó preguntándose si tenía que alegrarse o preocuparse de que Sebastian hubiese seguido su consejo.

Él no le mencionó que fuese a ver a su padre esa noche.

Tuvieron una reunión por la tarde con Danny y Frank, y con el resto de participantes en el proyecto Blake-Carmody. Sebastian le dio la enhorabuena delante de todo el mundo por su reunión con Carmody. Neely nunca lo había visto sonreír de manera tan cariñosa.

Luego, volvió a su despacho y llamó a Max, que estaba en casa, pero no de muy buen humor. Le dijo que estaba de los nervios, no por no poder salir de casa, sino por la compañía.

–Tu madre me está volviendo loco –se quejó.

Lara había insistido en ir a recogerlo al hospital y llevarlo a casa. Neely no estaba segura de qué había sucedido después. Le daba igual. Ella tenía sus propios problemas. El mayor de ellos no fue decirle que iba a ver a su padre esa noche. Cuando ella se acercó a su despacho poco después de las cinco, se encontró con la puerta cerrada y las luces apagadas.

Seb había hecho un esfuerzo. Había llamado a su padre. Iban a verse. Neely sonrió y cruzó los dedos para que todo saliese bien.

Después se fue directa a casa, para estar allí cuando él llegase. Lara la llamó para invitarla a cenar con ellos, pero rechazó la invitación.

Aunque habría sido interesante ver cómo sus padres hacían las paces, o no, después de tantos años.

A las ocho, Sebastian seguía sin aparecer, y ella empezó a preocuparse, aunque se dijo que, al fin y al cabo, tal vez fuese una buena señal, tal vez habían decidido cenar juntos y recuperar parte del tiempo perdido. Tal vez Sebastian hubiese llevado a su padre al ático y estaban pasando la noche en familia. Deseó poder estar allí para verlo.

Poco después de las diez se dio una ducha y bajó al salón con la esperanza de que hubiese regresado, pero no. Así que sacó el violín y se puso a tocarlo. La música, como siempre, la tranquilizó.

Cuando por fin se abrió la puerta era casi media

noche. Neely dejó el violín y se dio la vuelta para sonreír a Sebastian.

No parecía nada contento. Estaba serio, callado, encerrado en sí mismo.

–¿Qué ha pasado?

–Nada –contestó él en tono monótono.

Entró en el salón y se quitó la chaqueta. No la miró. No sonrió. Nada.

–Seb. ¿Qué ha pasado? ¿Has visto a tu padre? Tienes muchas cosas que contarme –dijo Neely acercándose a él hasta estar justo enfrente.

–Neel –le advirtió él–. No querías...

–Sí, quiero –dijo ella poniendo los brazos alrededor de su cuello y apretándolo con fuerza.

Él enterró el rostro en su pelo, tomó aire y lo contuvo. Neely sintió que se estremecía y lo besó en el cuello, en la mandíbula, se apretó todavía más contra su cuerpo. Necesitaba aquella conexión, y sabía que él, también.

Estuvieron así mucho rato, hasta que Neely se dio cuenta de otro anhelo que había ido creciendo en su interior, y en el de él. Era un deseo que había negado hasta entonces, porque había pensado que no saldría nada de él.

Le había dado miedo arriesgarse, pero había retado a Sebastian a hacerlo. Y él se había arriesgado, se había atrevido a creer por ella.

Así que era justo que ella se arriesgase también.

Recorrió su mandíbula con besos, hasta llegar a sus labios.

–Neel...

–Shhh –lo acalló–. Todo va bien.

Él se separó un poco para mirarla, todavía con cautela.

–¿Seguro?

–Sí –contestó ella, acariciándole los labios con la lengua.

Entonces, Seb la creyó, confió en que sabía lo que estaba haciendo.

Amar era un riesgo, pero tenía que asumirlo.

–Te quiero –susurró Neely.

Él se puso tenso, la miró a los ojos.

–No. No es posible –la contradijo con la voz cargada de emoción.

–Demasiado tarde –contestó ella, dándole otro beso.

–Neel –protestó Seb–. Aquí no –murmuró–. Vamos a hacerlo bien.

La tomó en brazos y subió las escaleras con ella.

–¿A qué habitación? –le preguntó.

–A la tuya –dijo ella–. En la mía hay fotografías de Max y de mi madre. Y esto no es asunto suyo.

En la habitación de Seb no había fotografías. La decoración era tan austera como su vida.

Era la primera vez que llevaba a una mujer a su habitación, siempre que había estado con alguien, lo había hecho en otro lugar menos personal.

Con Neely todo era personal, e íntimo. No era

como el resto de mujeres a las que había conocido. Y eso lo aterraba. Lo tenía fascinado.

La dejó con cuidado encima de la cama y cerró la puerta para no escandalizar a los animales. Neely sonrió y le tendió las manos.

Seb fue hacia ella. Nunca se había sentido tan bien en toda su vida.

Siempre le habían dicho que era un buen amante. Se tomaba su tiempo, intentaba descubrir lo que les gustaba a las mujeres, y se lo daba. Y él también disfrutaba, pero, con Neely, era algo completamente distinto.

No se trataba sólo de desnudarla, sino de aprender la textura de su piel, la más suave que había acariciado nunca. Le quitó la camisa por la cabeza y estimuló sus pezones, le besó los pechos por encima del sujetador y luego la ayudó a levantarse un poco para desabrochárselo y quitárselo.

–Ahora me toca a mí –dijo ella, desabrochándole la camisa y peleándose con los gemelos.

Se la quitó y le acarició el pecho, haciéndolo temblar de deseo.

Él le desabrochó los vaqueros mientras la besaba, se los bajó.

Neely le desabrochó el pantalón. Y luego fue a quitarle los zapatos y los calcetines.

Luego, se entregó a él. Abrió su cuerpo y sus brazos y su corazón y su alma, y le hizo sentir mejor que nunca, moviéndose debajo de él, haciéndole perder el control.

Seb la penetró y ella puso las piernas alrededor de su cuerpo, y ambos se movieron a la vez hasta llegar al clímax. Y él supo que nunca había dado tanto a nadie como a Neely Robson.

Le había dado todo lo que tenía.

Neely pensó que aquélla era la diferencia entre el sexo y el amor.

Lo primero sólo tenía que ver con el cuerpo. Lo segundo, no tenía límites. Era mucho más que obtener un placer físico con otra persona. Era formar parte de esa otra persona, y permitir que ella formase parte de ti.

Daba miedo. Era arriesgado. Aunque maravilloso.

Allí tumbada, con el hombre al que amaba encima de ella, sintió que los ojos se le llenaban de lágrimas, por todas aquellas personas a las que les daba miedo arriesgar, y por aquéllas que arriesgaban y perdían.

Estaba encantada de amar a Sebastian. Y de habérselo dicho y demostrado.

Recorrió su espalda con un dedo y luego le acarició la nuca.

Él gimió suavemente.

–¿Peso mucho?

–No –contestó ella.

Él giró la cabeza y Neely lo vio sonreír con la luz de la luna que entraba por la ventana.

–Yo creo que sí –dijo Seb poniéndose a su lado.

–¿Seb? ¿Vas a... contarme... qué ha pasado?

Él apretó la mandíbula. Tardó una eternidad en responder.

–Mi padre no ha venido –dijo con indiferencia. Como hablaba siempre que no quería demostrar que algo le importaba.

–Él se lo ha perdido –comentó Neely mirándolo a los ojos.

Seb resopló.

–Es un idiota –comentó ella, besándolo, queriéndolo por ser el hombre que era a pesar de no haber tenido el amor de su padre–. No te merece.

Era la verdad.

Capítulo 9

ERA UN día perfecto para una boda.

Y Vangie no estaba sólo guapa, estaba radiante.

Esa mañana, mientras su madre y madrastras la ayudaban a arreglarse, había llegado Sebastian. Vangie había corrido a sus brazos.

–Gracias por haberlo intentado... –le había dicho–. Y por todo. Eres el mejor.

Y lo era. Neely lo sabía. Y lo amaba por el modo en que él había sonreído a Vangie.

En esos momentos, iba a acompañarla al altar. Y esperaba que fuese capaz de sonreír mientras lo hacía. Tenía una sonrisa preciosa. Aunque la utilizaba poco. Sí había sonreído después de hacerle el amor. Y a la mañana siguiente, cuando se había despertado abrazado a ella.

Y Neely esperaba ver también aquella increíble sonrisa algún día en su propia boda.

Aunque era demasiado pronto para pensar en eso.

Todo el mundo se volvió a mirar a la novia, salvo ella, que se volvió a mirar a Sebastian, así que se quedó perpleja al ver al lado de Vangie a un hombre mucho mayor.

La novia estaba radiante, y el hombre parecía feliz, orgulloso.

Neely supo que era Philip Savas, su padre. Y buscó a Sebastian con la mirada. ¿Dónde estaba?

Por fin lo descubrió al final del todo, y pensó que tenía que haber estado en primera fila. Al fin y al cabo, había sido él quien lo había hecho todo.

La ceremonia fue breve y emotiva, aunque Neely casi ni prestó atención. No podía dejar de pensar en Sebastian, se sentía indignada porque su padre le hubiese quitado todo el protagonismo, aunque daba la impresión de que nadie se había dado cuenta.

Los Savas parecían una familia normal, pero a ninguno parecía importarle dónde estaba el hermano mayor.

Salvo a ella. A Neely le importaba.

Cuando la ceremonia hubo terminado, fue a buscarlo. Estaba charlando con una pareja a la que ella no conocía. Tenía las manos metidas en los bolsillos, la cabeza inclinada. Parecía estar bien, pero Neely no pudo evitar ir hacia él.

–¡Ah, aquí estás! –dijo sonriendo.

Él le dedicó una sonrisa cariñosa. La tomó de la mano y la acercó a él.

–Ésta es Neely Robson –le dijo a la pareja, luego miró a Neely–. Éstos son mi primo Theo y su mujer, Martha.

Luego, le presentó a más primos y tías y tíos. En ningún momento mencionó a su padre, ni dijo nada del cambio de planes de última hora. Neely sabía que no iba a montar un numerito por ello, pero había esperado que le comentase algo cuando estuviesen a solas.

Pero, cuando estuvieron a solas, él le robó un beso.

–¿Estás bien? –le preguntó ella.

–Sí.

–Tu padre...

Pero él se dio la vuelta.

–Vamos a comer algo.

Comieron algo, charlaron con la familia y los amigos, y Sebastian fue educado, correcto en todo momento, pero Neely empezó a sospechar que había vuelto el Hombre de Hielo.

Se fijó en que su padre, además de guapo, era encantador. Atendía a todo el mundo con una sonrisa y parecía estar como pez en el agua, aunque ella se dio cuenta de que miraba en dirección a Sebastian en varias ocasiones.

Seb, por su parte, parecía evitar mirar hacia donde estaba él.

–Creo que tu padre quiere hablar contigo –le dijo Neely a Sebastian un rato después.

Pero él actuó como si no le hubiese oído.

–Vamos a bailar.

Era un baile lento, así que Neely puso los brazos alrededor de su cuello, cerró los ojos y apoyó la cabeza en su hombro. Sintió que él le daba un beso en el pelo y la abrazaba con fuerza. Y ella saboreó el momento, lo grabó en su memoria para recordarlo siempre.

–¿Puedo interrumpir? –dijo una voz masculina.

Neely abrió los ojos y vio a Philip detrás de Sebastian. Éste se había puesto tenso. Hasta había dejado de respirar.

Ella bajó los brazos del cuello de Seb e intentó sonreír.

–¿Cómo está? –dijo–. Soy Neely Robson. Y usted debe de ser el señor Savas.

–Llámame Philip –respondió él. Luego, miró a Sebastian–. Espero que no te importe que conozca a tu amiga.

–Sebastian y yo vivimos juntos –le aclaró Neely con firmeza, para dejarle claro que no eran sólo amigos.

–Por supuesto –respondió Philip–. Mi hijo no cree en el matrimonio.

–Me pregunto por qué –masculló Sebastian.

Philip rió.

–Bueno, te prometo no pedirle la mano a la señorita Robson. ¿Qué te parece?

–No se preocupe, le diría que no –comentó Neely con naturalidad.

La pieza terminó, pero pronto empezó otra.

–Ésta es mía –dijo Philip.

–Sólo un baile, señor Savas –le advirtió Neely–. ¿Por qué no baila con Vangie? –sugirió–. Seguro que le encantaría.

Sebastian seguía callado, pero la soltó.

–Que os divirtáis.

Tenía que habérselo imaginado.

Era típico de Philip, aparecer en el último momento y actuar como si siempre hubiese planeado estar allí.

–Me retrasé en Japón –le había dicho al verlo.

–¿Cuatro días? –había preguntado Sebastian con incredulidad.

Pero daba igual. A nadie le importaba. Ni a Vangie, ni al resto de sus hermanos. A nadie.

Salvo a él.

Atravesó la pista de baile y fue hasta donde su hermana estaba sentada con Garrett.

–Baila conmigo.

Ya había bailado con su marido, con su padre, cómo no, y con el padre de Garrett, pero luego se había sentado.

En esos momentos, lo miró sorprendida antes de sonreír.

–Por supuesto. Todavía no había bailado contigo, ¿verdad?

–No –se limitó a contestar él. Y la llevó a la pista de baile.

Vio a su padre sonriendo y hablando con Neely. Estaba intentando conquistarla, como hacía siempre.

Neely estaba de espaldas a él, así que no podía ver su cara. Hasta que se volvió, y la vio reír cuando Philip la hizo girar.

Sebastian pisó a Vangie.

–Lo siento.

–No pasa nada –dijo ella, tan contenta–. Está siendo un día estupendo, ¿verdad?

–Humm –vio hablar a Neely. Y a Philip arquear las cejas, abrir la boca y volver a cerrarla.

–No pensé que papá fuera a venir. Muchas gracias.

–Yo no he hecho nada.

–Pero lo intentaste –dijo Vangie–. Papá me ha dicho que oyó tu mensaje. Que le decías que tenía que venir.

–Pues nunca respondió.

–Claro que sí, ha venido.

Seb apretó la mandíbula y deseó que terminase la canción. Entonces oyó reír a Neely y volvió a pisar a Vangie. Decidió acompañarla de vuelta con su marido antes de que terminase la música.

–Gracias, Seb. Por todo.

–Por haberte pisado –dijo él, sonriendo con ironía.

La música había terminado por fin y Neely seguía hablando con su padre. La vio sonreírle, asentir y vio que Philip le daba un beso en la mejilla.

–No –añadió Vangie–. Gracias por hacer mis sueños realidad.

–De nada.

Mientras se alejaba, Seb pensó que había personas a las que los sueños se les hacían realidad, aunque a él le pareciese poco probable.

–Ha sido la mejor boda a la que he asistido –comentó Neely cuando volvían a casa.

–Sí...

Lo miró de soslayo. Él tenía la vista clavada en la carretera. Era tarde, más de las once, y estaban agotados, pero, por suerte, muy cerca de casa. Había sido ella quien le había dado conversación en el camino, y la contribución de Sebastian se había limitado a monosílabos.

Desde que su padre había bailado con ella, había estado más callado.

Al llegar al aparcamiento que había al lado del muelle, Neely comentó:

–La verdad es que es difícil odiarlo.

Sabía que no era necesario especificar de quién hablaba.

Sebastian apretó el volante con las manos.

–No lo sé.

–Tú no lo odias –afirmó ella con confianza.

–Lo cierto es que es una persona que no me importa –replicó él.

–Eso no es verdad –lo contradijo–. Quería hablar contigo, no conmigo –añadió.

–Podía haberlo hecho hace cuatro días.

–Es verdad que tuvo que quedarse en Japón.

–¡No pongas excusas por él!

–No lo estoy haciendo. Sólo estoy intentado apelar a tu sentido común. Me ha dicho que quería disculparse, pero que tú no le has permitido acercarse a ti –le había dicho eso, y también que quería conocer a la mujer que parecía haberle robado el corazón a su hijo mayor.

Sebastian juró entre dientes. Abrió la puerta del coche y dio la vuelta para abrir la de ella, pero Neely salió sola y empezó a andar hacia la casa.

Él corrió a su lado.

–No quiero que se acerque a mí –dijo.

–Creo que se lo has dejado bien claro. Mira, no

apruebo el comportamiento de tu padre. Me parece asqueroso, pero...

–¿Se lo has dicho a él? ¿A que no? –le preguntó, furioso–. ¡Eres igual que el resto!

Seb abrió la puerta de la casa y Harm salió a recibirlos. Los gatos bajaron medio dormidos por las escaleras. Él los ignoró a todos, sujetó la puerta y lanzó una mirada acusatoria a Neely.

Ella, dolida y con lágrimas en los ojos, pasó por su lado y se arrodilló a abrazar al perro. Tomó aire. Hizo acopio de fuerzas.

Luego se incorporó y se volvió hacia él.

–Por supuesto que lo he hecho. Le he dicho que me había parecido fatal, que te había hecho daño, y que era un cretino.

Sebastian parecía sorprendido. Sacudió la cabeza con incredulidad.

–Seguro que sí. Por eso se estaba riendo. Por eso siguió bailando contigo y te dio un beso en la mejilla.

–No me crees.

–Creo lo que he visto.

–Has visto sólo lo que querías ver.

Él no dijo nada.

–No confías en mí.

–No me digas que mi padre no ha intentado convencerte para que pienses como él.

–Por supuesto. Pero quiere que vuelvas a formar parte de su vida. Quiere que diseñemos un hotel para él.

–¡Dios santo! Como si...

–Podrías hacerlo. Podríamos hacerlo.

–Yo no lo haré, y tú tampoco si quieres que lo nuestro funcione –le advirtió.

–¿Qué es lo nuestro? –le preguntó ella–. ¿Tenemos amor? ¿Un compromiso? ¿Es para siempre?

Él apretó la mandíbula.

–Tenemos algo bueno. Y lo sabes.

–Eso pensaba, pero ya no estoy tan segura.

–¿Por qué no? ¿Porque no quiero arrodillarme ante mi padre, que siempre ha estado ausente?

–Esto no tiene nada que ver con tu padre, sino con que no confías en mí. Tampoco lo hiciste con la reunión con Carmody.

–¡Estoy no tiene nada que ver con Carmody!

–Claro que no, tiene que ver sólo con la confianza.

Sebastian sacudió la cabeza.

–Si es así como te sientes, no tenemos nada más de qué hablar. Te estoy dando todo lo que tengo. No puedo darte más.

–¿No puedes? –preguntó ella mientras sentía que se le rompía el corazón–. ¿O no quieres?

Capítulo 10

NEELY lo oyó marcharse.

Había subido corriendo a su habitación y había cerrado la puerta mientras rezaba para que él la siguiese, pero no había sido así.

Corrió a la ventana y lo vio andando por el muelle. Parecía abatido y cansado, y solitario. Ella quería llamarlo, decirle que volviese, abrazarlo, decirle que lo amaba.

Pero si lo hacía, él no la creería. No confiaba en ella, ni en su palabra.

Así que tampoco debía de creer en su amor.

Lo vio desaparecer en la oscuridad y oyó el motor de su coche, vio las luces de los faros. El coche dio marcha atrás y giró para subir por la colina.

Estaba muy enfadada, pero lo superaría. Neely no era tonta. Se daría cuenta de lo bien que estaban juntos, y de que no merecía la pena tirarlo todo por la borda.

Le dejó todo el fin de semana para que entrase en razón y él volvió al ático, que parecía un manicomio. Reinaba el ruido y el desorden, pero ni siquiera eso consiguió que dejase de pensar en ella.

Durante el fin de semana, acompañó a su familia al aeropuerto y recuperó su casa, pero ya no la sentía como su casa. Su casa estaba con Neely.

El martes por la noche se reunió con Roger Carmody, que alabó la inteligencia de Neely.

Él esperaba que fuese lo suficientemente inteligente como para entrar en razón. La echaba de menos. Y se sentía preparado para olvidar el pasado.

Volvió a la casa flotante. A Neely.

Ella debía de estar todavía en el trabajo, pero así podría llegar antes, sorprenderla.

Abrió la puerta, preparado para encontrarse con Harm, pero nadie salió a recibirlo. La entrada estaba en silencio, vacía.

–¡Harm! ¡Eh, amigo! ¿Dónde estás?

Pensó que tal vez estuviese en la terraza, ya que hacía un día soleado, pero al entrar en el salón se dio cuenta de que tampoco estaba su correa, ni la pecera.

Se le revolvió el estómago. Y sintió... ¿aprensión? ¿Preocupación? ¿Pánico?

«No», pensó. «¡No!».

Neely se había ido.

–El Hombre de Hielo ha vuelto –murmuró Gladys a Frank cuando Seb le contestó a una pregunta con brusquedad.

Él lo oyó, pero lo ignoró, igual que llevaba ignorando las miradas de curiosidad y las preguntas que llevaban haciéndole los últimos cinco días.

No era asunto suyo. Trabajaba con ellos. No les debía ninguna explicación.

Si querían explicaciones, que le preguntasen a Neely. Salvo que Neely no estaba allí.

–Se ha ido de la ciudad, a trabajar en otro proyecto –le había dicho Max.

Durante años, había aprendido a estar solo, había intentado que no le afectase que su padre no se ocupase de él, a pesar del dolor. Se había sentido herido por el abandono de su padre, pero había sobrevivido porque no había permitido que eso le perturbase.

No obstante, en esos momentos, no podía luchar contra el dolor. Contra el vacío.

Aquello era diferente. Ya no era un niño. No se trataba del pasado. Era un adulto. Estaba por encima de todo, pero se trataba de Neely y no podía fingir que no le importaba.

Porque le importaba. Estaba enamorado de ella.

Lo superaría. Dejaría de amarla. No había nada de malo en ser un Hombre de Hielo. Era mucho menos arriesgado. Más sensato. Menos doloroso.

Se sumergió en su trabajo. En el proyecto Blake-Carmody. Si Neely no iba a hacer su parte, la haría él.

Se preguntó en qué proyecto estaría ella, pero no le comentó nada a Max.

Estaba demasiado dolido.

Se había quedado a vivir en su ático, como había pretendido hacer desde el principio. Con la marcha de sus hermanas, todo volvía a ser como antes. Salvo que él ya no era el mismo.

En esos momentos estaba en el salón, pero ya no disfrutaba con las vistas. Echaba de menos la casa flotante, los gatos saltando para atrapar los cordones de sus zapatos cuando iba a la cocina, a Harm agitando el rabo cuando lo veía llegar.

No tenía a nadie con quien hablar. Ni con quién compartir una comida.

No tenía a nadie en absoluto.

Jenna fue la primera de sus hermanas en llamarlo.

–¿Cómo estás? –le preguntó.

Eso lo sorprendió. Normalmente sólo llamaba cuando necesitaba algo.

–He estado pensado que ha sido muy divertido ser una familia, pasar tiempo juntos. Tal vez vuelva contigo, para ir a la universidad. Si a ti te parece bien.

–Si quieres... –respondió él, preguntándose si su hermana querría algún consejo, o dinero.

–No sé si aceptarán gatos en las residencias universitarias –comentó ella.

–No lo sé. ¿Qué más da? No tienes gato.

–Sí. Se llama Chloe. Me la dio Neely.

Aquello fue como un puñetazo en el estómago.

–¿Neely te ha dado un gato?

–Sí –contestó ella, encantada–. Nos ha dado uno a cada una, ya que estaban creciendo demasiado. Y Marisa se ha quedado con la cobaya –añadió Jenna con alegría. Marisa era la madre de Sarah–. Dijo que quería que tuviéramos una parte de ella.

–¿Sí? –Seb se preguntó qué habría pasado con los conejos. Y con Harm, pero no lo preguntó.

Neely no había querido que él tuviese una parte de ella. ¿Acaso pensaba que no quería tenerla?

Al día siguiente, se compró un pez. Neely le había dicho en una ocasión que había empezado teniendo un pez.

Pero dos días después le pareció que el pez estaba demasiado solo, y compró otro pez. Tal vez tuviesen un pececito juntos. O se comiesen el uno al otro.

Se preguntó qué pasaría. Y si Neely lo sabría.

–¡Son casi las doce de la noche! –protestó Max, despeinado y en calzoncillos, al abrir la puerta y descubrir a Seb.

–Necesito saber dónde está tu hija. Y no me preguntes para qué. Es sólo asunto nuestro.

Max arqueó las cejas y lo miró con escepticismo.

–Está con tu viejo –le dijo–. Al parecer, tú no estabas de acuerdo.

–No, no lo estaba, pero he cambiado de opinión.

–Ya era hora –dijo una voz femenina desde detrás de Max.

Era la madre de Neely, que estaba en la entrada, con el que parecía ser el albornoz de Max, y poco más.

–Dale la dirección, Max –añadió–. Tiene un aspecto horrible.

–Tal vez ella no quiera verlo –contestó Max.

–Que decida Neely. Al menos, va detrás de ella, que es más de lo que tú hiciste conmigo.

Max hizo una mueca y se frotó la nuca.

–Bueno, ya sabes cómo son las cosas. Algunos tardamos más en espabilar –copió la dirección y se la tendió a Seb–. Buena suerte.

–Vas a necesitarla –añadió Lara.

Seb estaba seguro de ello.

La cabaña estaba en medio de la nada. Aunque el entorno era precioso, y le venía bien estar aislada, lo necesitaba.

Se detuvo delante de la ventana y miró hacia el lago Chelan, que se divisaba entre los árboles. Intentó encontrar en él la inspiración.

Neely sabía que Philip le había pedido que diseñase el hotel ella porque en realidad quería que lo hiciese su hijo.

Ella no había vuelto a ver a Seb desde el día de la boda de Vangie.

Había esperado. Y esperado. Había querido hablar con él, explicarse, pero él no había vuelto.

Debía de haber vuelto al ático, a reanudar su vida donde la había dejado. Sin ella.

No obstante, había recogido sus cosas con la esperanza de que él la buscase. Sabía que lo amaba.

Y, a pesar de su renuencia a confiar, en el fondo sabía que él también la amaba.

Observó la barca que cruzaba el lago y se preguntó si Philip llegaría pronto. Iba casi todas las tardes a ver los esbozos que había hecho el día anterior. Era fácil hablar con él, era cariñoso y encantador, pero siempre parecía estar inquieto. No había en él la paz que había en su hijo.

Tal vez no siempre, pero le daba la sensación de que, con ella, Seb había encontrado la paz.

Pero eso no era suficiente. Ella quería más, más que sexo, un poco de paz y satisfacción.

Lo quería todo. Quería el amor y la complicidad que sus padres parecían estar encontrando en esos momentos. Max y Lara volvían a estar juntos por fin. Nadie lo habría dicho.

Lo que demostraba que nunca era demasiado tarde.

Pero ella no podía imaginarse esperando otros veintisiete años a Seb.

Alargó el pie y acarició a Harm, que abrió los ojos y volvió a cerrarlos.

Pero poco después saltó y fue hacia la puerta.

–Es Philip –lo tranquilizó ella–. No te pongas nervioso.

No solía hacerlo, pero ese día, no paraba de ladrar.

Neely se levantó y abrió la puerta.

–Ves. Es sólo...

Sebastian. Delgado, moreno y más serio que nunca.

Harm se lanzó sobre él, que le rascó detrás de las orejas y le frotó el lomo y le sonrió de oreja a oreja.

Neely deseó lanzarse también sobre él, pero no lo hizo porque no sabía a qué había ido.

–Harm, ¡baja! –ordenó al perro.

–No pasa nada –dijo Sebastian–. Lo he echado de menos –entonces, dejó de sonreír y la miró a los ojos–. Y también te he echado de menos a ti. ¿Puedo entrar?

Ella asintió y retrocedió, esperó a que entrase y cerró la puerta.

–¿Pasa algo? ¿Están bien Max y Lara?

–Sí, al parecer, están juntos.

–Sí, tal vez esta vez funcione. Se están dando una oportunidad.

–¿Y vas a dármela tú a mí?

De repente, se hizo el silencio.

–Tu padre... –empezó Neely por fin.

–Esto no tiene nada que ver con mi padre, pero, si quieres saber su opinión, piensa que debes ser tú quien tome la decisión.

–¿Has hablado con él?

–¿Cómo crees que te he encontrado?

Neely se sentó. Su mente empezó a dar vueltas. ¿Seb había ido tras ella? ¿Había hablado con su padre?

–Quiero que me des una oportunidad –añadió él, arrodillándose ante ella–. Que me dejes participar un poco en el diseño del hotel... Pero, sobre todo, quiero que te cases conmigo porque eres la mujer a la que amo, la que da luz a mi vida y alegría a mi corazón y... porque, donde tú estás, está mi hogar.

Ella se echó hacia delante, Seb la abrazó y sus labios se tocaron.

–Sí, sí y sí –contestó.

A la mañana siguiente, cuando Philip apareció en la cabaña, Seb le pidió que se marchase. Luego, llevó a Neely otra vez a la cama y compartieron sus cuerpos, sus esperanzas, sus sueños y sus corazones. Un rato después, Sebastian se sentó y le dijo:

–Te he traído algo.

–¿El qué?

–En realidad, varias cosas –confesó–. Ahora vuelvo.

Se puso los pantalones vaqueros y bajó hasta la barca. Neely lo esperó.

–Esto es para ti –le dijo, con un paquete cuyo contenido era fácil de reconocer en las manos.

Neely lo abrió.

–¿El violín de tu abuelo?

–Ahora es tuyo. ¿Quieres tocarlo para mí?

–¿Aquí? ¿Ahora? ¿Desnuda en la cama?

Él asintió.

–Por favor.

Y ella lo hizo. Cuando hubo terminado, él lo dejó encima de la cómoda, volvió a la cama y le hizo otra vez el amor, con una ternura y un cariño que volvió a demostrarle que Sebastian Savas no tenía nada de Hombre de Hielo.

–¿Qué más me has traído? –le preguntó ella después.

–Pescado –contestó Seb sonriendo.

–¿Para la cena?

–No. Para tu colección de animales. Has regalado los gatos a mis hermanas.

–Sí, no pensé que tú los quisieras.

–Y le has dado la cobaya a mi madrastra –continuó él–. Y yo estaba solo. Y me acordé del pez. Tú empezaste con un pez. Pero me di cuenta de que no tenía ni idea acerca de peces, así que pensé que podrías ayudarme a criarlos.

–Supongo que seré capaz.

–¿Y de criar hijos?

–Todos los que tú quieras –le prometió Neely, con el corazón desbordado.

Seb se colocó encima de ella y empezó a hacerle el amor otra vez.

–¿Qué has hecho con los conejos?

–Regalárselos a Max y a Lara.